LA FÉE
MIGNONNETTE

LAURENT L'ORPHELIN

CONTE ET LÉGENDE

PAR M. LE DUC DE D.

Illustrations de C. RUDHARDT

PARIS

E. DENTU, ÉDITEUR

Libraire de la Société des Gens de Lettres,

PALAIS-ROYAL, 13 ET 17, GALERIE D'ORLÉANS.

LA FÉE

MIGNONNETTE

LAURENT L'ORPHELIN 3 10

Paris.—Imprimé chez Bonaventure et Ducessois
55, quai des Augustins.

LA FÉE
MIGNONNETTE

LAURENT L'ORPHELIN

CONTE ET LÉGENDE

Par M. le Duc de D***

Illustrations de G. RUDHARD

PARIS

E. DENTU, ÉDITEUR

Libraire de la Société des Gens de Lettres

PALAIS-ROYAL, 13 ET 17, GALERIE D'ORLÉANS.

1862

LA

FÉE MIGNONNETTE

A Mademoiselle Laure Prz.......ka.

Votre jolie petite bouche m'assure que ce conte vous a inté-
ressée. Confiant dans votre franchise, je le livre au public et ne
crains pas de vous le dédier.

Duc de D***

Sagan, mai 1862.

LA FÉE MIGNONNETTE

I

On raconte que jadis, au fond d'un vieux manoir, vïvait un seigneur d'humeur peu attrayante. Il s'appelait Homfroi. Ses vassaux fuyaient du plus loin qu'ils le voyaient paraître; ses serviteurs trémblaient au seul son de sa voix. Un œil gris et dur, ombragé d'épais sourcils, un nez arqué, une barbe épaisse et rousse, une taille gigantesque lui donnaient un aspect repoussant et terrible. Sa demeure, huchée au sommet d'un rocher, surplombait une étroite vallée au fond de laquelle mugissait un impétueux torrent. De hautes tours noircies par le temps formaient la masse de l'édifice et semblaient défier à la fois le ciel et les hommes. Homfroi avait pris possession de ce domaine à la mort de son frère, tué en Palestine. Celui-ci laissait en mourant une femme jeune encore et un fils de sept ans environ. Le jour même où Homfroi, à titre de tuteur, entrait dans le château, tous les anciens serviteurs furent chassés, et la pauvre veuve disparut sans que nul pût dire ce qu'elle était devenue. L'enfant dont nous venons de parler était beau comme le jour : des grands yeux pleins de feu et de douceur éclairaient son visage, une forêt de cheveux bouclés d'un noir de jais ombrageait son front ; ses membres bien proportionnés, sa poitrine large, sa taille bien prise dénotaient en lui une force précoce. Cependant ni sa jeunesse ni sa beauté n'obtinrent grâce aux yeux de Homfroi ; on eût même dit que la vue de Lothaire (c'était le nom de l'enfant) excitait chez cet homme une sombre fureur. Malgré son jeune âge, Lothaire se vit condamné aux plus durs traitements. Été comme hiver, il couchait en plein air sur la terre nue. Sa nourriture était le rebut du manger de la valetaille, une pensée haineuse

éclatait même jusque dans les jeux ou les exer-
cices qui lui étaient permis. Tantôt il lui fallait
porter d'énormes fardeaux, faire des marches for-
cées, monter des chevaux rétifs et escalader les
hautes tours à l'aide d'une corde à nœuds. Chaque
fois qu'une chute ou tout autre accident semblait
menacer la vie du pauvre enfant, une joie satanique
faisait étinceler l'œil sournois de son oncle dénaturé.
Mais, soit adresse, soit bonheur, le petit Lothaire
échappait à tous les dangers comme par miracle.

Ce n'était pas toutefois sans une violente amer-
tume qu'il se voyait en butte aux mépris et aux
mauvais traitements de son oncle. Chacun des valets,
à la vue de la haine si peu dissimulée de Homfroi
pour son neveu, s'efforçait de capter la bienveillance
du châtelain en rudoyant le pauvre enfant, et souvent
l'héritier légitime du manoir arrosait de larmes le
pain que, par une amère ironie, ses propres champs
avaient produit. Humilié, bafoué, maltraité, l'enfant
perdit vite sa fraîcheur; il se replia chaque jour
davantage sur lui-même, devint sombre et taciturne,
et ne trouvant aucun cœur dans lequel il pût épan-
cher ses chagrins, il prit peu à peu en haine tous
ceux qui l'entouraient.

A l'extrémité nord de la cour intérieure du château, on remarquait une énorme tour dans laquelle
une porte toute bardée de fer donnait seule accès. La
garde en était confiée au plus méchant des satellites
de Homfroi. Nulle ouverture n'éclairait l'intérieur,

si ce n'est que la toiture ayant été détruite par un incendie, la lumière, la pluie, le vent y faisaient librement irruption. On se racontait tout bas que souvent, la nuit, des cris plaintifs retentissaient à l'intérieur, qu'alors des nuées de noirs corbeaux s'envolaient en croassant, et planaient alentour jusqu'au moment où, les cris venant à cesser, ils disparaissaient de nouveau dans les profondeurs de cette tour mystérieuse. Il était défendu sous peine de mort d'en approcher; aussi mille contes effroyables circulaient dans le pays à son sujet. Les uns croyaient qu'elle renfermait un trésor; d'autres qu'elle servait de théâtre aux vengeances du châtelain; quelques-uns prétendaient même qu'elle était hantée par des esprits infernaux avec lesquels Homfroi entretenait de secrets rapports.

Le petit Lothaire avait atteint dix ans, et chaque nuit il interrogeait d'un regard de plus en plus curieux cette tour mystérieuse. « Que renferme-t-elle? disait-il, car elle renferme quelque chose ou quelqu'un, pour que mon oncle la fasse garder avec un soin si jaloux! Quels sont ces cris que dans le calme des nuits je crois parfois entendre? Cris infernaux ou cris de martyrs? »—« Ah! qu'ils sont heureux ces oiseaux du ciel! pensait-il un soir en voyant une orfraie s'abattre sur la crête, ils savent ce secret, eux, ce secret qu'il nous est défendu de chercher à connaître! Et pourquoi cette défense? Ah! si je pouvais le découvrir! mais c'est impossible: la porte de fer ne s'ouvre jamais et quand même je pourrais dérober à Bertram, le bourreau, l'énorme clef qui doit l'ouvrir, je ne serais pas assez fort pour la faire tourner sur ses gonds. Mais quelle idée me vient tout à coup!... oui, pourquoi pas? Si elle est habitée, rien de plus facile..., la nuit vient..., tout dort dans le château..., nul ne peut me voir..., essayons!... » Lothaire se lève, ramasse une pierre, y fixe le bout d'un peloton de ficelle; puis balançant sa fronde, lance d'une main exercée la pierre qui va tomber dans la tour. La pelote se déroule, il attache à la ficelle une longue corde à nœuds servant aux réparations des toitures, et attend. Presque aussitôt la ficelle s'agite et la corde monte. « La tour est habitée!... » s'écrie l'enfant. Et voyant la corde rester immobile le long de la muraille, il la saisit et s'élance bravement de nœud en nœud.

Au même instant, poussé par son génie soupçonneux, Homfroi se dirigeait vers la tour. Il marchait à pas lents; arrivé près de la porte massive, l'oreille collée à la serrure il écoute, se redresse au bruit d'un soupir, en murmurant: « Quoi, toujours!... » Puis il reprend sa marche, en sondant d'un regard inquisiteur les moindres fissures de la muraille. Soudain son pied heurte l'extrémité d'une corde, il bondit comme s'il eût marché sur un serpent, lève les yeux et, à la clarté de la lune, découvre le petit Lothaire déjà à moitié de sa périlleuse ascension... « Damnation!... » s'écrie le châtelain; mais après une rapide

1.

réflexion un rire strident contracte sa bouche, il saisit la corde et par de violentes secousses cherche à lancer dans le vide le malheureux enfant. Celui-ci, effrayé, se cramponne de toutes ses forces ; en vain la corde lancée à toute volée parcourt des cercles vertigineux, rien ne saurait lui faire lâcher prise, la peur a transformé ses petites mains et ses jambes en tenailles d'acier : Homfroi, haletant, redouble d'efforts, en murmurant : « Tu périras enfin, maudit enfant !... tu périras, j'en fais le serment ! »

Mais tout à coup, au sommet de la tour apparaît un être étrange. C'est une femme, ou plutôt un squelette de femme, qu'aucun vêtement n'enveloppe. Des cheveux soulevés par le vent flottent autour de sa tête, une pâleur livide couvre son visage, auquel des yeux noirs, ardents et fixes, donnent une expression terrible ; l'horrible maigreur de tout son corps en fait la vivante image de la mort.

« Homfroi ! s'écrie le spectre d'une voix stridente, Homfroi ! me reconnais-tu ?... Quel est cet enfant que tu tortures, infâme ?... Ah ! je devine, c'est mon Lothaire !... Monstre, sois maudit... maudit ! » En achevant ces mots, l'apparition tombe à la renverse en poussant un cri affreux... ; quelques secondes plus tard, un bruit sourd comme celui d'une masse inerte tombant lourdement sur le sol, retentissait dans la tour.

A peine avait-il entendu l'appel du spectre, que Homfroi s'affaissait sur la terre, ruisselant d'une sueur froide et les dents claquant de terreur. Lothaire voyant la corde reprendre son immobilité s'était hâté de descendre à terre ; mais épuisé par ses efforts, il fut contraint de se laisser glisser, et par ce frottement rapide vit ses pauvres jambes et ses petites mains écorchées au vif.

Revenu à lui, Homfroi saisit l'enfant ; déjà sa main a dégainé un poignard et va frapper, quand un cri d'agonisant surgit de la tour ; la peur paralyse le bras du cruel, qui, laissant échapper le stylet, appelle Bertram, le farouche gardien.

« Tu mériterais de mourir sous le bâton pour ta négligence, misérable !... lui dit-il. Allons vite, saisis ce petit malheureux, qu'il soit fouetté jusqu'au sang et jeté dans la fosse de l'oubli. »

Lothaire à genoux a beau supplier ; Homfroi s'éloigne en menaçant. L'enfant lié à un arbre est frappé sans merci, puis descendu dans le cachot le plus profond des souterrains du vieux manoir.

II

Longtemps Lothaire a pleuré en silence, mais enfin, épuisé, meurtri, le sommeil s'est emparé de lui. Il lui semble alors entendre une voix douce et fraîche qui murmure à son oreille :

« Te rappelles-tu, Lothaire, le jour où le seigneur Homfroi, saisissant dans sa cage mon bel oiseau jaune, le suspendit à une ficelle pour en faire le but de ses flèches? Sans craindre la fureur de ce méchant, tu courus couper la fatale ficelle, puis le soir tu allas, au péril de tes jours, rattraper sur les rochers mon gracieux chanteur, et tu vins me le rendre en cachette! Moi, je ne l'ai pas oublié, et je viens payer ma dette. »

A ces mots, Lothaire crut reconnaître la fille d'un des archers de son oncle; il ouvrit les yeux, mais sa surprise fut extrême en voyant devant lui une petite fille, belle, mais belle à ravir. Elle avait des yeux du plus beau bleu d'azur, une chevelure blonde et ondoyante tombait en boucles légères tout autour de sa tête ; sa petite bouche, animée du plus doux sourire, se dessinait pleine de grâce sous un petit nez fin et de forme exquise ; son cou d'un blanc de perle était plein d'élégance. Une robe bleu de ciel parsemée d'étoiles d'argent dessinait sa petite taille faite au tour : la jupe courte et bouffante laissait voir une jambe d'un modèle parfait, terminée par un tout petit pied cambré chaussé d'un brodequin rose. Sa main délicate tenait une baguette d'or, et un cercle de même métal, entourant son front, était surmonté d'un diamant gros comme un œuf de perdrix d'où s'échappaient des feux admirables.

Lothaire, la bouche béante, contemplait avec admiration cette ravissante apparition ; puis enfin, joignant les mains, il allait parler lorsque, mettant un doigt sur la bouche, la petite fille reprit : « Silence ! je suis la fée Mignonnette. Prends courage, Lothaire, le méchant Homfroi veut ta mort, mais je viens te sauver.... » S'approchant alors, la fée tire d'un petit sac en velours bleu un flacon d'émeraude et verse une goutte d'un cordial magique sur les lèvres de Lothaire. Celui-ci se lève aussitôt sans effort.

« Suis-moi en silence, » reprend fée Mignonnette, et, s'avançant vers le soupirail, elle touche de sa baguette les lourds barreaux de fer qui tombent brisés ;

puis, précédant Lothaire, elle l'entraîne au dehors.

Mignonnette marchait devant lui d'un pas de sylphe, franchissant les rochers, sautant les ruisseaux, traversant les broussailles comme par enchantement. Après une heure de cette course rapide, tous deux arrivèrent au centre d'une immense forêt. Mignonnette, s'arrêtant alors au pied d'une croix de pierre, se retourna vers Lothaire et, lui montrant une large allée, lui dit :

« Lothaire, te voici désormais en sûreté contre les entreprises de ton oncle ; suis cette route, elle te conduira vers le bonheur si tu sais la suivre sans te laisser détourner par aucune des tentations que tu pourras rencontrer. Et maintenant, adieu, ne m'oublie pas !

—Quoi ! mademoiselle, s'écria Lothaire en joignant les mains, ne dois-je donc plus vous revoir ? Ah ! ne m'abandonnez pas, que vais-je devenir sans vous ?

—Ceci dépasse mon pouvoir ; tu dois parcourir seul cette route dont je ne te cache pas les dangers ; mais, je te le répète, si tu sais t'y maintenir tu finiras par recevoir ta récompense.

—Ah ! il n'en est qu'une que je voudrais obtenir, mademoiselle, c'est de ne jamais vous quitter !

—Un pouvoir plus grand que le mien me défend de te divulguer l'avenir, mais marche sans crainte et fortifie ton cœur ; de mon côté, je veillerai sur toi autant qu'il me sera permis.

—Ne vous reverrai-je plus ?

—Cela dépendra désormais de toi seul. »

Au même instant un nuage épais vint obscurcir la lune. Lothaire sentit passer sur son front comme le contact de deux lèvres embaumées, et tomba à genoux au pied de la croix. Quelques instants après, la lune resplendissait de nouveau ; Lothaire regarda ardemment autour de lui ; fée Mignonnette avait disparu.

« Fée Mignonnette ! fée Mignonnette ! » appela l'enfant en sanglotant, mais nulle voix ne répondit à la sienne. « Seul ! me voici seul ! reprit-il. Allons, du courage, puisqu'il dépend de moi de la retrouver un jour, ne désespérons pas !... »

Comme l'obscurité ne lui permettait plus de rien distinguer, Lothaire se coucha au pied de la croix après avoir fait sa prière, et s'endormit en rêvant à la charmante petite fée. Le jour commençait à poindre quand il se réveilla. On était alors au début du printemps : une douce brise agitait le feuillage naissant, les oiseaux faisaient retentir les airs de leurs chants joyeux ; tout contribuait à donner bon courage au petit voyageur. Comme il allait se mettre en marche, il aperçut près de la croix un petit sac de cuir dans lequel il trouva un gros morceau de pain bis, un fromage blanc et frais, plus une petite fiole remplie de vin exquis.

« Voilà, se dit-il, une nouvelle attention de fée Mignonnette. » Et tout en suivant gaiement la route qu'elle lui avait indiquée : « Ah ! bonne fée Mignonnette, répétait-il, ne vous reverrai-je pas bientôt ?

Revenez près de moi le plus tôt possible, sans vous, je le sens bien, je ne serai jamais heureux! »

Après plusieurs heures de marche, Lothaire, se sentant en appétit, s'assit au pied d'un arbre, ouvrit son sac, et se mettait en devoir d'entamer son pain, lorsqu'il vit s'avancer un homme déjà âgé, marchant à pas lents. Il s'appuyait sur un gros bâton noueux; ses vêtements en lambeaux laissaient voir son corps amaigri; ses pieds ensanglantés par la marche avaient peine à le soutenir; sous un chapeau de paille à larges bords on apercevait son visage couvert en partie par une barbe grise et touffue.

L'homme s'était arrêté en face de Lothaire et dardait un regard plein de convoitise sur le pain que l'enfant, interdit, serrait fortement entre ses petites mains. Après quelques instants d'une lutte intérieure, l'homme reprit sa marche; mais il n'avait pas fait plus de vingt pas, que Lothaire le vit chanceler, puis s'affaisser sur lui-même et tomber lourdement évanoui. Surmontant aussitôt toute crainte, l'enfant courut à lui, souleva sa tête, tira de son sac la fiole de vin et en fit couler le contenu entre les lèvres du malheureux. Celui-ci rouvrit les yeux et se jeta avec avidité sur le pain que lui tendait Lothaire. Après en avoir dévoré plus des trois quarts, il s'arrêta brusquement et le rendant à l'enfant :

« Soyez béni, lui dit-il, mon jeune ami! Vous m'avez sauvé la vie, depuis deux jours je n'avais rien mangé. Mais vous-même, vous devez avoir faim et j'ai abusé de votre bonté. Mangez à votre tour, puis si ma présence ne vous gêne pas, nous ferons route ensemble jusqu'à la ville prochaine. »

Lothaire ne se le fit pas dire deux fois, et après avoir forcé son compagnon à accepter la moitié du succulent fromage caché jusqu'alors au fond du sac à provisions, tous deux reprirent leur route en causant amicalement. Tout à coup leur attention fut attirée par un bruit sourd et grossissant partant de derrière eux.

« Vrai Dieu ! exclama le plus âgé, je me trompe fort ou une troupe de cavaliers arrive grand train derrière nous. » En disant ces mots, il s'était retourné et fit remarquer à Lothaire des tourbillons de poussière soulevés au loin par des chevaux lancés à fond de train.

« Il faut qu'ils aient le diable au corps pour surmener ainsi leurs montures, reprit-il, ou bien qu'ils soient à la poursuite de quelque personne d'importance. En tous cas, cela ne saurait concerner un pauvre hère comme moi, et bientôt nous saurons à quoi nous en tenir. »

Comme il se remettait en marche, il fut frappé de l'agitation de Lothaire :

« Qu'avez-vous donc, mon jeune ami ? vous voilà tout inquiet !

—Hélas, répondit Lothaire, je tremble d'être l'objet de leur poursuite, car je crois reconnaître la bannière de mon cruel oncle Homfroi ! S'il me rattrape, je suis perdu ! Ah ! fée Mignonnette, fée Mignonnette ! où êtes-vous ?

—Fée Mignonnette ! s'écria son compagnon, vous la connaissez ?

—C'est elle qui m'a soutrait aux cruautés de ce parent barbare.

—Oh ! alors, mon cher enfant, je ne craindrai pas de tout risquer pour vous défendre. Fée Mignonnette, elle aussi, m'a protégé, et nous nous devons mutuelle assistance.

—Tenez, tenez, s'écria Lothaire, les voici, je les reconnais bien maintenant ! Tenez, ils nous ont aperçus, ils viennent sur nous bride abattue !... Fuyons. »

C'était en effet le sire Homfroi lui-même, qui à la tête d'une troupe nombreuse recherchait le jeune fugitif, et qui, dès qu'il lui fut signalé par ses éclaireurs, s'élançait plein de furie pour le saisir.

« Je ne saurais fuir faible comme je suis, dit le voyageur à Lothaire ; en moins de dix minutes ils nous auraient atteints ; mais vous, mon enfant, partez, et pendant ce temps, je protégerai votre fuite en leur donnant du fil à retordre. »

Cela disant, le brave homme se campe fièrement au milieu de la route, retrousse sa manche et saisissant son redoutable bâton, attend de pied ferme les agresseurs.

Malgré son juste effroi, Lothaire fut frappé de l'air martial de son compagnon, admira son bras nerveux, et instinctivement, après quelques enjambées, se retourna pour voir ce qui se passait.

Dix cavaliers, armés de lances, chargeaient l'homme au bâton ; mais celui-ci, calme et terrible, détournant chaque coup avec une prestesse incroyable, frappait à tour de bras chaque cavalier au passage. Leurs armures volaient en éclats, le sang ruisselait de leurs blessures, et cette lutte redoublant leur rage, tous ensemble se réunirent à la fois pour accabler le défenseur de Lothaire. Alors celui-ci, honteux de fuir quand un pauvre homme bravait la mort pour le sauver, revint rapidement sur ses pas, ramassa de lourds cailloux sur la route et se mit à les lancer avec fureur sur les assaillants.

« Bravo ! mon jeune ami, s'écria le courageux piéton, il y a vraiment plaisir à se battre pour un vaillant petit bonhomme comme vous ! »

Encouragé par ces paroles, Lothaire balança avec plus de calme une pierre tranchante, et visant au plus redoutable des cavaliers, la lança de toute sa force. La pierre vint en sifflant frapper le but en pleine visière. Le casque vola en éclats et découvrit le crâne ensanglanté du farouche Homfroi. Profitant de cet instant, le protecteur de Lothaire leva son bâton et en asséna un coup terrible sur la tête du perfide châtelain qui, frappé de terreur, tourna bride aussitôt et s'enfuit suivi de tous les siens.

Les deux vainqueurs se regardèrent avec une mutuelle admiration. Lothaire, pénétré de reconnaissance, se jeta dans les bras de son protecteur et se mit à pleurer en s'apercevant que celui-ci avait reçu plusieurs blessures dans le combat.

« Tranquillise-toi, mon brave enfant, tel que tu me vois je suis un vieux soldat, et ces égratignures ne sauraient m'incommoder longtemps.

« Mais écoute-moi et profite de mes conseils. Reprends ta route et marche sans t'arrêter. Ces mécréants, revenus de leur frayeur, voudront sans doute recommencer leur entreprise ; il faut profiter de ce temps de répit pour mettre entre eux et toi le plus de distance possible.

—Et vous, qu'allez-vous devenir ? s'écria Lothaire.

—Oh ! moi, dit le soldat en souriant, je n'ai rien à craindre, et mes pieds meurtris retarderaient ta marche. Allons, embrasse-moi et adieu, mon brave enfant ! »

Lothaire l'embrassa une dernière fois en pleurant, puis, sur un signe du soldat, il reprit sa route, non sans tourner plusieurs fois la tête ; mais en vain espérait-il revoir son défenseur : celui-ci avait disparu comme par enchantement.

Bien que ne pouvant s'expliquer une disparition aussi rapide, Lothaire n'en continua pas moins sa route.

2.

III

Vers le soir, il vit briller au loin des lumières et reconnut qu'il approchait d'une ville considérable. Il se demanda avec inquiétude comment il allait faire dans cette cité, n'ayant pas d'argent et ses provisions étant complétement épuisées.

A l'entrée du faubourg, il entendit partir d'une ruelle obscure des cris perçants; le son de cette voix l'émut profondément. Il s'élança dans la ruelle et aperçut une pauvre petite fille pliant sous le poids de lourds fagots, et que d'impitoyables gamins poursuivaient de huées grossières.

« A l'eau, la sorcière! » s'écriaient-ils chaque fois que l'enfant reprenait sa marche, en cherchant à lui arracher son fardeau. Mais à peine leur faisait-elle face, que tous reculaient avec une frayeur supersti-

tieuse. Lothaire, révolté, ne fit qu'un bond auprès de
la pauvre enfant, ramassa une des branches éparses
sur le sol, et se jetant sur les gamins étonnés les eut
bientôt mis en déroute. Comme il retournait vers la
pauvre fille, un jeune homme d'une quinzaine d'années, témoin de ses hauts faits, vint à sa rencontre.
Il était vêtu de somptueux vêtements et toute sa
personne respirait un air loyal et fier.

« Ta main, mon jeune brave, dit-il à Lothaire en
lui tendant la sienne; tu as noblement étrillé ces
mauvais garnements, et cette action te fait double-
ment honneur, car celle que tu défendais ainsi est
d'une laideur à faire reculer le plus audacieux. »

Lothaire serra cordialement la main du beau jeune
homme, tout en jetant un regard curieux sur la
pauvre fille, qui s'approchait pour le remercier. Il
éprouva une étrange sensation de surprise et de mé-
compte en apercevant sous une admirable chevelure
blonde, toute semblable à celle de fée Mignonnette,
un visage couturé par la petite vérole, des yeux tout
éraillés, une bouche pendante et un nez bourgeonné.
En voyant la surprise de Lothaire, la pauvre enfant
s'arrêta interdite et baissa la tête.

« Or çà, mon jeune ami, reprit le beau gentil-
homme, si je ne me trompe, vous êtes étranger dans
cette ville ?

—En effet, dit Lothaire, je ne fais qu'arriver.

—Avez-vous quelque connaissance chez qui vous
soyez attendu ?

—Non, gracieux seigneur, personne ne m'attend.

—En ce cas vous serez mon hôte. Je m'appelle le prince Dariman ; mon père est le duc souverain de ce pays, et si vous vous plaisez à la cour je vous promets un favorable accueil. »

Lothaire s'inclina avec respect et s'empressa d'accepter cette offre inattendue. Il s'apprêtait à suivre le prince, lorsqu'un soupir de la jeune fille lui fit suspendre ses pas.

« Qu'avez-vous, ma pauvre petite ? lui dit-il avec bonté.

—Hélas ! mon cher petit monsieur, je pleure de ne pas pouvoir vous témoigner ma reconnaissance ; je n'aurais pu vous offrir qu'une pauvre hospitalité dans notre humble cabane que vous apercevez là, au bout de la ruelle ; mais cette hospitalité vous eût été offerte de grand cœur. Ma mère est pauvre comme moi, mais quel bonheur n'eût-elle pas éprouvé si elle avait pu bénir celui qui a défendu son enfant adorée avec tant de courage ! »

Lothaire ému, se retourna vers le jeune prince Dariman :

« Généreux prince, reprit-il, permettez-moi de céder au désir de cette pauvre petite. Moi qui, comme elle, suis sans fortune, je comprends combien il est doux de pouvoir obliger qui nous a obligé, et son hospitalité pour cette nuit me sera douce à recevoir. »

Le prince Dariman avait un noble cœur. Loin d'être

choqué par cette réponse, il comprit la délicatesse qui l'inspirait à Lothaire, et, lui serrant la main avec force :

« Parbleu ! dit-il, vous êtes un digne garçon, et je sens mon amitié redoubler pour vous. Qu'il en soit donc comme vous le désirez, mais promettez-moi, du moins, de ne pas quitter la ville sans être venu me voir. »

Lothaire le lui promit, et, suivant la petite fille, tous deux arrivèrent devant une porte basse. L'enfant leva le loquet et introduisit Lothaire dans une salle d'aspect misérable et pleine de fumée.

« Mère, mère, s'écria-t-elle en se jetant au cou d'une vieille femme accroupie auprès du feu : voici un hôte que je t'amène ; il m'a défendue contre ces vilains garçons qui m'insultent toujours et les a rudement châtiés, je t'assure. »

Alors elle fit le récit de sa rencontre avec Lothaire, de l'invitation du prince Dariman et de la préférence que son défenseur avait accordée à sa prière sur l'offre du prince. La vieille femme fit approcher Lothaire, l'embrassa avec effusion, puis, saisissant sa main, se mit à en étudier les lignes avec une attention profonde. Après quelques instants :

« C'est bien, dit-elle en se levant, c'est bien ! — Ne perdons pas de temps, cet enfant a faim, vite, à table. »

Poussant alors un escabeau de bois près d'une table boiteuse, elle invita Lothaire à prendre place et s'assit entre lui et sa fille. Celle-ci apporta une vaste marmite remplie de pommes de terre fumantes. Les meilleures furent servies à Lothaire qui se mit à manger avec un joyeux appétit, car la faim faisait sentinelle dans son estomac. De gais propos entre-coupèrent de temps à autre ce repas de cénobite ; mais chaque fois que les regards de Lothaire s'arrê-taient sur la blonde chevelure de la petite fille, il ne pouvait retenir un profond soupir.

« Allons, il est temps de faire honneur à notre hôte, » dit la vieille, lorsqu'elle vit Lothaire ras-sasié.

Sa fille aussitôt se leva, tira d'un vieux bahut une coupe d'un cristal de pourpre, puis prenant un flacon de même couleur, s'approcha de Lothaire en fixant sur lui un regard d'une singulière profondeur. Il y avait dans ce regard quelque chose de si doux, de si tendre, de si éloquent, qu'il se sentit remué jus-qu'au fond du cœur. Machinalement il prit la coupe, et, après l'avoir vue remplir jusqu'au bord, il se leva pour porter la santé de ses bonnes hôtesses. Mais la vieille femme l'arrêta par ces mots :

« Il ne s'agit pas de nous ici, mon enfant, il s'agit de votre bonheur, et c'est à votre bonheur que nous allons boire ; exprimez sans crainte quel est le vœu de votre cœur, afin que nous puissions nous y associer.

—Ah! s'écria Lothaire, demandez alors pour moi que je retrouve fée Mignonnette, que je la revoie;

ne fût-ce qu'un instant ! » Et vidant son verre à grands traits, il retomba sur son siége. Au même instant la pauvre petite fille, lui souriant avec tendresse, lui dit d'une voix plus douce que celle des fauvettes des champs :

« Eh quoi ! ne me reconnais-tu pas ? Regarde, Lothaire, sous ce masque de laideur ne retrouves-tu donc aucun de mes traits ? Dans ce bâton noueux qui te défendit ce matin, ne reconnais-tu pas ma baguette magique ? »

Et, tout en parlant ainsi, l'enfant se transformait aux yeux de Lothaire en extase. En un clin d'œil de brillants atours eurent remplacé les haillons de la pauvresse. Sur un signe de la baguette enchantée, une porte s'ouvrit avec fracas, des pages, des valets, des esclaves revêtus d'habits magnifiques vinrent se ranger autour de Lothaire ; une lumière éblouissante enveloppa la fée Mignonnette qui, traversant d'un pas léger la table transformée en trépied d'or, vint effleurer son front de ses lèvres purpurines. A ce contact, Lothaire poussa un cri de bonheur, mais au même instant ses jambes se dérobèrent, ses yeux se fermèrent, il sentit mille bras le soulever mollement et le transporter sur de moelleux coussins. Là, respirant un air saturé des plus délicieux parfums, bercé par une mélodie céleste, il rouvrit un instant les yeux et aperçut fée Mignonnette planant dans les airs, portée par des vapeurs de nuances enchanteresses, couronnée d'une auréole d'étoiles scintillantes et

escortée dans son ascension aérienne par des cohortes
de génies, chantant à sa gloire des hymnes accom-
pagnés par des milliers de harpes d'or que faisaient
retentir les doigts effilés d'une légion de jeunes filles,
soulevées dans les airs par des ailes diaphanes.

Puis, fée Mignonnette souleva sa baguette d'or : un
coup de tonnerre retentit ; tout disparut à la fois, et
Lothaire retomba sur sa couche plongé dans un profond sommeil.

IV

A son réveil, Lothaire se vit couché dans un grand lit à baldaquin garni de rideaux en soie cramoisie. Étonné, il se mit sur son séant et contempla avec ébahissement le luxe de la chambre dans laquelle il se trouvait. Ce n'était partout qu'or et soie. Se croyant le jouet d'un rêve, il se frotta les yeux, aperçut un cordon à son chevet et le tira machinalement; un coup métallique retentit, et la porte, s'ouvrant presque instantanément, livra passage à un vieil écuyer suivi de deux pages porteurs de riches vêtements. L'écuyer, saluant jusqu'à terre, dit : « Dieu soit loué, noble seigneur, pour votre heureux réveil! Par ordre du prince Dariman, ces deux pages et moi nous sommes attachés à votre service. Disposez de nous et permettez-nous d'abord de procéder à votre toilette. »

Lothaire, de plus en plus surpris et fort embarrassé de sa contenance, se confondait de son côté en politesses, saluant de la tête tout en se blottissant dans ses draps. Pourtant, voyant les pages étaler sur un divan un costume élégant et riche de velours pensée, rehaussé de nœuds bleu de ciel, avec boutons et galons d'argent, et remarquant que l'écuyer attendait sa réponse, il dit avec timidité :

« Pardon, mon bon monsieur, mais sans doute vous faites erreur. Je ne suis point un seigneur, mais bien un pauvre infortuné indigne de telles magnificences. D'ailleurs, ces superbes habits semblent faits pour un homme, et moi j'ai à peine dix ans.

—Vous voulez rire, seigneur, reprit l'écuyer ; voici sept années déjà que vous êtes couché dans ce lit, et nous savons que vous êtes l'héritier d'un des plus grands barons du royaume de Gallilopolie. Pas plus tard que hier le tailleur de la cour a pris sur vous les mesures pour faire ces vêtements ; veuillez les essayer.

—Je rêve, c'est certain, » se dit tout bas Lothaire, en se jetant à bas de son lit ; mais, à sa grande surprise, il vit que les habits s'adaptaient merveilleusement à sa personne. Quand il eut passé à sa ceinture une dague de fin acier et posé sur sa tête une toque de velours noir, surmontée d'une aigrette en casoar, l'écuyer et les pages se récrièrent sur sa bonne mine, affirmant que nul jouvenceau de la cour ne saurait lui être comparé. En voyant son image se refléter dans une superbe glace de Venise, Lothaire ne put s'empêcher de trouver qu'ils avaient raison, mais se disant aussitôt que tout cela était trop étrange pour être réel, il rougit de sa vanité en baissant les yeux, ce qui doubla le charme de son aspect. Sur ces entrefaites, la porte s'ouvrit, et le prince Dariman apparut couvert d'habits splendides, rehaussés de pierreries étincelantes.

« Enfin, vous voici donc éveillé, cher Lothaire? s'écria le prince en lui jetant les bras autour du cou; combien votre long sommeil nous a causé d'inquiétudes !

—Il serait donc vrai, prince? j'ai été sept années endormi? répondit Lothaire charmé de l'affection qui lui était montrée. Ah! de grâce, expliquez-moi par quel miracle je suis dans ces lieux; dites-moi que sont devenues cette vieille femme et cette charmante enfant chez lesquelles je me suis endormi?

—D'abord, reprit le prince, cette charmante enfant était une affreuse petite mendiante, le sommeil vous a un peu brouillé la mémoire, je le vois; il n'est donc que trop juste que je satisfasse votre curiosité. D'ailleurs il faut que je vous dise à quelle étrange rencontre vous devez votre réveil; mais vous seul devez entendre ce récit. » Faisant un signe aux serviteurs, ceux-ci sortirent, et les deux jeunes gens s'étant assis, Dariman reprit en ces termes :

« Vous vous souvenez qu'en nous séparant vous me fîtes la promesse de venir avant votre départ me

3.

trouver au palais. De mon côté, je racontai à mon père, le grand-duc de Savromitanie, notre rencontre, votre généreuse conduite envers cette petite mendiante et la délicatesse qui vous avait fait préférer pour gîte sa chaumière au palais où je voulais vous conduire. Mon père, charmé de mon récit, prétendit qu'en acceptant le dîner de ces pauvres gens vous aviez amplement satisfait à la délicatesse, et qu'il voulait qu'on allât sur-le-champ vous quérir pour coucher dans un bon lit au palais. Je me rendis en hâte à la cabane et vous trouvai profondément endormi sur une botte de foin, mais ni la petite mendiante ni sa mère n'étaient là. On vous transporta dans cette chambre et nous attendîmes impatiemment votre réveil. Cependant la journée du lendemain, puis la nuit suivante s'écoulèrent sans que vous fissiez le moindre mouvement. Épouvanté d'un pareil sommeil, on envoya à la recherche des mendiantes; non-seulement il fut impossible de savoir ce qu'elles étaient devenues, mais nul ne put retrouver leur maison. Votre sommeil se prolongeant toujours, mon père appela les plus célèbres médecins; aucun remède ne put vous arracher à ce mystérieux sommeil. Sept années s'écoulèrent de la sorte. Hier (et ici je réclamerai encore plus d'attention de votre part), j'allai chasser dans une forêt avoisinante. Emporté par mon ardeur, je m'égarai, et à la nuit tombante je me trouvai dans un chemin creux des plus sombres. Tout à coup je crois entrevoir dans l'obscurité une forme humaine se mouvoir devant moi, puis mon cheval, saisi au mors par une main invisible, s'arrête brusquement frémissant de terreur. Déjà je portais instinctivement la main à la garde de mon épée, lorsque les rayons de la lune, perçant les nuages, me firent voir cette même petite mendiante que nous avions en vain cherchée partout. Un fagot de bois pesait sur ses épaules comme au jour où nous la rencontrâmes à l'entrée du faubourg. C'étaient les mêmes haillons et la même chevelure, je ne pouvais m'y tromper :

— Laissez reposer votre épée en paix, me dit-elle de sa voix grêle, nul ne vous veut de mal, et répondez brièvement; les instants sont comptés. Que fait Lothaire?

— Il dort toujours.

— C'est bien. Prenez cet anneau, reprit-elle en me tendant une bague dont je vis briller la pierre aux rayons de la lune. Dès que vous serez de retour au palais, passez cette bague au petit doigt de la main gauche de Lothaire; sachez qu'il est l'héritier d'un puissant baron du grand royaume de Gallilopolie. Demain à midi il s'éveillera; sur votre vie ne parlez à quiconque, hors Lothaire, de notre rencontre. Tenez, prenez cette route à gauche, elle vous ramènera droit à la ville.

« Au même instant elle disparut, sans qu'il me fût possible de deviner comment, et je me retrouvai seul, tenant la bague entre mes mains. Peu après je rentrais au palais. J'accourus aussitôt près de vous; votre sommeil était aussi profond qu'à mon départ. Je mis la bague à votre doigt et fis tout préparer pour votre réveil. »

Lothaire leva vivement la main et vit qu'en effet un rubis de la plus grande beauté, enchâssé dans un simple cercle d'or, ornait son petit doigt.

« Oh! fée Mignonnette, s'écria-t-il, fée Mignonnette, c'est vous, j'en suis certain, qui me rendez ainsi à la lumière!! »

Pressé de questions par le prince Dariman, il lui raconta tout au long ses aventures en y joignant l'expression de sa vive reconnaissance pour l'amitié et les bontés de ce jeune prince. Quand il eut achevé, Dariman le prenant par le bras lui dit :

« Allons, il est temps de nous rendre à la salle du trône, où mon père, entouré de sa cour, brûle du désir de vous voir. Venez, et croyez-moi, si on vous interroge, ne parlez pas de ma rencontre avec cette singulière petite fée. »

V

La curiosité publique était en effet extrêmement surexcitée à la cour de Savromitanie par le sommeil si extraordinairement prolongé du jeune étranger. Aussi, malgré la majesté du trône, mille exclamations accueillirent son entrée dans la salle. Les femmes ne pouvaient assez s'extasier sur ses beaux yeux, sa belle taille ; les hommes applaudissaient à son air franc, modeste et résolu. Arrivé près du trône, Lothaire s'inclina respectueusement, baisa la main du grand-duc et sut lui exprimer sa reconnaissance en termes simples et touchants. Un murmure approbateur accueillit ses paroles, et le souverain l'ayant pressé de raconter son histoire, Lothaire satisfit à ce désir en ayant soin toutefois de garder le silence sur la rencontre faite la veille par le prince Dariman.

Pendant ce récit, qui avait redoublé l'intérêt général, il remarqua, incessamment fixés sur les siens, les yeux perçants de deux jeunes filles assises auprès du grand-duc. L'une était la princesse Giocacore, l'autre la princesse Oropiglia, toutes deux filles du souverain de Savromitanie.

Giocacore était l'aînée. Elle avait une de ces beautés qui captivent les regards : vingt et un ans, des yeux noirs alternativement pleins de feu et de langueur, des dents éblouissantes, des bras d'albâtre, une taille riche et souple la rendaient pleine de séductions.

Mais, fière de ses avantages féminins, plus encore peut-être que de son haut rang, elle se serait crue offensée si un seul homme eût paru ne pas subir l'influence de ses charmes. Vingt prétendants briguaient sa main; attentive à n'en rebuter aucun, sans jamais fixer son choix, elle allait recueillant l'encens de leurs regards passionnés et de leurs soupirs, comme un tribut naturellement dû à sa personne.

La seconde, Oropiglia, était l'opposé de son aînée. Son œil gris, vif et perçant, était ombragé de sourcils s'harmoniant en couleur avec sa chevelure d'un roux fauve. Sa taille était droite, mais roide et anguleuse; son menton proéminent, sa bouche rentrée, ses lèvres minces, un nez en bec de perroquet dont les narines semblaient contractées sur elles-mêmes, une main sèche et osseuse faisaient d'elle la vivante image de la rapacité et de l'avarice.

Entre ces deux êtres si différents l'un de l'autre,

l'accord le plus parfait semblait régner. On aurait dit qu'elles avaient fait un pacte, tant toutes deux mettaient de soin à ne pas empiéter sur leurs domaines réciproques. Jamais Giocacore, par instinct au moins autant que par insouciance naturelle, ne contrariait les trames avides de sa sœur; or, domaines, pierreries, elle lui laissait tout accaparer. De son côté, Oropiglia, bien que ses vingt ans, son titre de princesse du sang et ses immenses richesses, arrachées à la faiblesse de son père, lui assurassent les empressements de plus d'un puissant prince, ne se serait pas permis d'agréer le moindre hommage, et, par sa froideur glaciale, laissait à sa sœur le champ libre d'exercer son insatiable coquetterie.

Quand les deux princesses aperçurent Lothaire, paré de toutes les grâces de l'adolescence, une vive émotion les frappa toutes deux. Pour la première fois de sa vie Oropiglia oublia ses instincts rapaces et se dit : « Voilà l'homme que j'épouserai. » Au même instant, Giocacore, surprise d'un trouble inconnu, sentit que cette fois son cœur rebelle avait trouvé son vainqueur; aussi, oubliant tous ceux qui l'entouraient, elle attacha sur Lothaire des regards pleins d'éloquence et de crainte, tremblant à son tour de ne pas voir le regard du jeune homme se tourner avec complaisance vers elle. Au bout de quelque temps Oropiglia, pressée par un secret instinct, porta les yeux sur sa sœur et surprit Giocacore plongée dans cette contemplation extatique. Elle pâlit comme un spectre, un amer sourire plissa ses lèvres dédaigneuses et, apostrophant sa sœur avec un rire bref et mordant :

« N'entendez-vous donc pas, mon cœur, fit-elle, que le prince Sturmhofenbier vous parle depuis quelques instants? »

Ce prince, souverain des Ostermanden, puissante nation voisine de Savromitanie, était un homme de trente ans, haut de six pieds, avec une encolure herculéenne, de gros yeux gris à fleur de tête, des lèvres épaisses, une moustache et une barbe de poils roux et touffus. Attiré à la cour de Savromitanie par le bruit des richesses d'Oropiglia, il était tombé du premier coup dans les filets de Giocacore. Caressé par la sirène, fatiguant ses rivaux de son orgueilleuse fatuité, il se croyait aussi adoré de la princesse que lui-même idolâtrait. A l'apostrophe de sa sœur, Giocacore jeta à ce rude soupirant l'aumône d'un coup d'œil distrait accompagné de ces mots : « Vous êtes injuste et fin ! » Enivré du regard aussi bien que de ces paroles, Sturmhofenbier se rengorgeant, caressa sa moustache en poussant un soupir qui fit trembler la salle. Mais bientôt, mordu de nouveau par la jalousie en voyant Giocacore se pencher pour mieux entendre Lothaire, il fronça les sourcils et, fixant avec une colère comique ses gros yeux bêtes sur le jeune homme, fit entendre un grognement sourd semblable à celui d'un pourceau en fureur. Lothaire levant les yeux sur lui fut tellement frappé de cette

étrange physionomie, qu'il ne put retenir un éclat
de rire, rire contagieux, partagé aussitôt par toute
l'assistance. Sturmhofenbier, plein de fureur, se retira à l'écart, en se jurant de punir l'insolent qui lui
valait un tel affront.

Quelques instants après, l'attention de Giocacore
fut attirée par le son métallique d'un objet tombant
sur la mosaïque de marbre qui formait le sol de la
salle ; ayant détourné ses yeux de Lothaire, elle resta
tout ébahie en reconnaissant un bracelet de diamants
et d'émeraudes qui venait de se détacher du bras
d'Oropiglia, sans que celle-ci y eût prêté la moindre
attention, absorbée qu'elle était par l'audition des
aventures du jeune étranger.

« Ma sœur, s'écria Giocacore rougissant de colère,
avez-vous donc perdu l'esprit? Voyez votre bracelet
à terre; auriez-vous découvert ici un joyau plus précieux à convoiter, que vous semez ainsi vos pierreries
au hasard? »

Les deux femmes échangèrent un regard de haine
et de défi, tandis que le grand-duc, voulant couper
court aux commentaires, congédiait l'assemblée.

En rentrant dans sa chambre, Giocacore se promena
longtemps dans une fiévreuse agitation en murmurant :

« Elle ose l'aimer! qui l'aurait jamais cru, Oropiglia aime!... et qui... un pauvre aventurier... Oui,
un enfant sans sou ni maille, mais.... beau! ah!
beau comme le jour ! » Puis, s'arrêtant tout à coup

4

devant un miroir, elle sourit avec complaisance à
sa beauté, et reprit d'un ton décidé : « Je l'empor-
terai !... »

Au même instant, Oropiglia, au fond de son appartement, la tête appuyée dans sa main, l'œil fixe et
ardent, était plongée dans une profonde méditation.

« Elle est belle..., se disait-elle à mots entrecoupés,
oui, belle.... Elle croit qu'elle seule peut être aimée...,
et veut l'être de tous.... Eh bien ! non.... Cette fois...,
il n'en sera pas ainsi.... Il est pauvre..., mon or, à
défaut de charmes passagers, m'assurera la victoire,
ou sinon !... malheur à elle !... et à lui !... »

Pendant ce temps, Lothaire conduit par Dariman
traversait une galerie attenante à son appartement,
lorsqu'en levant les yeux il poussa un cri de surprise
à la vue d'un tableau représentant une charmante
petite fille, dans laquelle il venait de reconnaître le
portrait de fée Mignonnette, telle qu'elle s'était ré-
vélée à lui dans ses splendides transformations.

« De grâce, prince, quel est ce portrait ? demanda-
t-il tout tremblant.

—Hélas ! répondit Dariman, c'est celui d'une jeune
sœur, qu'un sort cruel a ravie à notre amour ; jamais
enfant plus charmante ni plus digne d'être aimée ne
fut sur la terre : sage, modeste, charitable, elle annonçait les plus rares vertus jointes à une physionomie
délicieuse et à la grâce la plus séduisante. A peine
ma noble mère venait-elle de mourir, que mes deux
sœurs aînées, toutes-puissantes sur l'esprit de mon

père, accaparèrent son affection. Je fus longtemps
relégué en apprentissage chez le roi de Serbodo-
nosar, allié de ma famille. Là, j'appris que ma
pauvre sœur, ma douce et bien-aimée Lenor, avait
mystérieusement disparu du palais sans que nul ait
jamais su ce qu'elle était devenue; seulement, on
raconte que la veille de sa disparition, un pauvre
estropié, s'étant présenté au palais, et ayant voulu
baiser le pan de la robe de Giocacore, celle-ci la retira
vivement avec un dégoût marqué, et que, s'étant
alors avancé la main étendue vers Oropiglia, celle-ci
l'avait repoussé en disant que son or n'était pas fait
pour sustenter la fainéantise et la paresse. Le pauvre
homme, accablé de misère et de honte, s'éloignait
déjà, lorsque Lenor, bondissant de sa chaise, courut
à lui, l'entoura de ses petits bras et, l'embrassant
avec bonté, lui glissa dans la main la seule pièce
d'or qu'elle possédât. Le pauvre, touché aux larmes,
l'embrassa avec transport et, la remettant à terre, lui
dit à haute voix : « Désormais, chère enfant, c'est moi
qui me charge de ton sort. » Puis il disparut au milieu des risées de la valetaille. Le lendemain, lorsqu'on entra dans la chambre de Lenor, son lit était
vide et oncques depuis on n'en entendit plus parler. »

De grosses larmes perlaient dans les yeux de Lothaire pendant ce récit, il ne pouvait s'arracher de
devant le tableau. Oui, c'était bien là cette chevelure merveilleuse et blonde qui ombrageait le front de
Mignonnette, ses yeux bleus si doux et si intelligents,

ce petit nez fin et gracieux, cette bouche mourante et
bonne, ce menton délicat, cette petite taille admira-
blement cambrée, ces mains fines et d'un modèle
parfait !... Puis Lothaire ressentit une nouvelle
commotion... Il jeta un rapide regard sur sa main
et vit briller à son doigt le rubis mystérieux, en tout
semblable à la bague ornant le doigt de Lenor dans
le portrait qu'il avait sous les yeux. Mais comme il
allait faire part de cette étrange coïncidence à Dariman, un vent violent ferma les volets de la fenêtre
avec fracas, l'obscurité la plus complète les enveloppa,
et tous deux, saisis d'une émotion involontaire, s'é-
lancèrent hors de la salle sans ajouter un seul mot.

VI

Les fêtes se succédaient sans interruption à la cour de Savromitanie. Le grand-duc, bon, mais d'une faiblesse extrême pour ses deux filles, désirait assurer par de brillantes alliances la sécurité de ses États aussi bien que le bonheur de ses enfants. Dariman, redouté de l'avaricieuse Oropiglia, plus encore que de la frivole Giocacore, avait été envoyé au loin, sous prétexte de s'initier au métier des armes. Lothaire, retenu à l'instigation des deux sœurs, malgré ses désirs, était le point de mire de toutes leurs séductions. Nul ne s'étonnait des coquetteries de Giocacore, car on était habitué à la voir prodiguer mille agaceries aux nouveaux arrivés, mais nul ne supposait qu'elle fût réellement éprise d'un jeune inconnu, n'ayant pour lui que la figure et le mystère d'un long

4.

sommeil. Tout au contraire, chacun s'étonnait de
voir la sèche Oropiglia sortir de ses habitudes, recher-
cher par de fastueux atours à suppléer à son manque
de charmes. Sa taille longue et sèche, les couleurs
discordantes et criardes dont elle s'affublait, les pa-
naches de plumes dont elle surchargeait sa chevelure
crépue, le sourire dont elle fatiguait ses lèvres minces et rentrées, lui donnaient l'aspect d'une mégère
en bonne humeur. Au reste, les deux sœurs se faisaient une guerre acharnée dont Lothaire était le
prix. Oropiglia voyait-elle Giocacore prodiguer les
plus doux respects et les plus tendres paroles à Lothaire, vite elle accourait briser le charme par un
de ces traits perfides qui jetaient le doute dans le
cœur du jeune homme, en lui révélant que ces mêmes regards, ces mêmes discours avaient déjà cent
fois enivré nombre d'autres présomptueux. Quand,
au contraire, c'était Oropiglia qui étalait aux yeux
de Lothaire ses trésors, ses pierreries, cherchant à
allumer en lui le cupide désir de posséder tant de
richesses, Giocacore s'empressait de parler de bonnes œuvres et de faire ressortir la sordide avarice
de sa sœur, en la condamnant à un combat gro-
tesque entre le désir de paraître bonne et l'affreuse
perspective de se dépouiller d'un seul atome de ses
biens.

Quant à Lothaire, trop peu expérimenté pour comprendre les intrigues qui se nouaient et se dénouaient
autour de lui, il se sentait pénétré de reconnaissance

pour les bontés qu'on lui prodiguait; mais, l'esprit toujours tendu vers fée Mignonnette, il s'éclipsait souvent, dans les premiers jours, pour parcourir la ville et les faubourgs, s'efforçant en vain, hélas! de retrouver la maison hospitalière où l'avait conduit la petite mendiante. Il se mêlait à tous les groupes d'enfants malheureux pour tâcher de retrouver cette pauvre petite fille; puis, lorsqu'il eut perdu tout espoir, son bonheur fut de passer des heures à contempler le portrait de la princesse Lenor si singulièrement disparue. Plus il le regardait, plus il reconnaissait l'identité de ce charmant visage avec celui de fée Mignonnette, dans les moments où dépouillant tout déguisement, elle lui était par deux fois apparue dans l'éclat de sa puissance et de sa beauté.

Les deux sœurs, furieuses de voir échouer leurs efforts auprès du beau jeune homme, résolurent à l'insu l'une de l'autre de consulter un célèbre sorcier habitant un antre sauvage, au pied du mont Roccabarbarodora, situé à peu de distance de la capitale de Savromitanie. Toutes deux, et chacune par un chemin différent, arrivèrent un soir d'orage à l'entrée de la caverne; un éclair fulgurant les révéla l'une à l'autre.

« Qui t'amène? s'écria Oropiglia en blêmissant de rage.

—L'amour! Et toi? » répondit Giocacore.

Oropiglia ne répondit pas tout de suite, mais après avoir réfléchi un instant, lui dit :

« Passe donc, moi, c'est la haine qui me conduit vers le grand Micromidas. »

A cet instant, un coup de tonnerre ébranla jusque dans ses fondements la Roccabarbarodora; des flammes jaillirent des flancs de la montagne, une fumée épaisse saturée de soufre enveloppa les deux sœurs. Giocacore effrayée, voulut fuir, mais Oropiglia, lui lançant un regard dédaigneux, se précipita dans la caverne. Giocacore saisissant par derrière la robe de sa sœur, la suivit malgré tous les efforts que celle-ci faisait pour la repousser. Elles se trouvèrent au bout de quelques pas dans une obscurité profonde; frappées de terreur, elles n'osaient plus parler, mais à mesure qu'elles avançaient à tâtons, il leur sembla que le sol s'inclinait de plus en plus et qu'elles descendaient une pente rapide; tout à coup, toutes deux collées l'une à l'autre, se sentirent les pieds enchaînés et brûlés par le contact du rocher; un fragment se détacha sous leur poids, et elles descendirent, portées ainsi avec une rapidité effrayante, au fond d'une salle gigantesque illuminée de flammes aux couleurs fantastiques. Un vieillard, revêtu d'une robe de pourpre, la tête ceinte d'un diadème de feu, la barbe blanche et phosphorescente, les yeux ardents comme des charbons, les mains appuyées sur un livre colossal fermé par des agrafes en fer flamboyant, se tenait assis immobile sur un trône parsemé de pierreries. Dès qu'elles eurent touché le sol, le vieillard leur dit d'une voix sifflante :

« Je vous attendais, parlez, que voulez-vous?

—Me venger du dédain, répondit Oropiglia se roidissant contre la terreur dont elle se sentait saisie.

—Être aimée, répondit Giocacore en tremblant.

—Être aimée! reprit le vieillard, laissant éclater un rire qui fit frémir la princesse. Être aimée ! pour fouler encore aux pieds l'amour qui te serait offert! Allons! soit... » Puis, se tournant vers Oropiglia : « Te venger de ne pouvoir être aimée, toi l'avaricieuse..., la cupide.... Ah! tu aimes donc autre chose que de l'or?

—Oui, reprit Oropiglia.

—Eh bien! sachez toutes deux qu'il suffit d'enlever à Lothaire le rubis qu'il porte au petit doigt pour arriver à votre but! » Et frappant sur le livre, le rocher portant les deux sœurs s'ouvrit un passage à travers le sol et les déposa en quelques secondes dans une galerie qui, du centre de la montagne, les reconduisit par une pente douce à l'entrée de la plaine.

VII

Depuis qu'il vivait à la cour, Lothaire, entraîné
par les plaisirs, avait négligé tout travail. Beau, élégant, choyé par d'illustres princesses, dès lors
encensé par la foule des courtisans, comment se
serait-il aperçu de son ignorance?... Et pourtant il
sentait quelque chose comme un remords le saisir au
cœur, chaque fois qu'il passait devant une des fenêtres
du palais. C'est que cette fenêtre, ouvrant sur une partie retirée des jardins, laissait apercevoir la margelle
d'un puits. Or, chaque soir, près de cette margelle
venait s'asseoir une pauvre petite ouvrière portant
sur la tête un grossier chapeau de paille à larges bords.
C'était après avoir terminé le nettoyage des plates-
bandes et des allées ; là, tirant un livre de sa poche,
elle se mettait à lire avec ardeur. Le même jour où

les deux sœurs allaient consulter le sorcier Micromidas, Lothaire se sentit plus ému que d'habitude, lorsque passant près de cette fenêtre, il aperçut la pauvre enfant : elle était assise, le dos tourné de son côté ; il n'entrevoyait d'elle qu'une petite main tournant de temps à autre les feuillets. Le vaste chapeau ne permettait pas de voir le moindre de ses traits, et pourtant Lothaire ne pouvait en détacher les yeux.

« Pauvre petite, se disait-il, depuis l'aurore elle a bêché la terre, voici près d'elle l'instrument encore tout maculé de terre glaiseuse !... Nul repos, nul plaisir, pendant ces dix heures de rude labeur.... Pour nourriture un pain noir arrosé d'eau.... et la voilà qui, sans perdre un instant, se plonge dans l'étude !... Que peut contenir ce livre ?... Hélas ! je le tiendrais, qu'à peine saurais-je en déchiffrer les lettres.... Et pourtant, moi, qu'ai-je à faire ?... Dormir, manger, boire, chanter, rire, entendre mille pauvretés, dire mille sottises aussitôt applaudies, me vautrer dans la paresse.... Et que suis-je ? un orphelin sans passé glorieux, ni même utile..., sans avenir assuré.... Ah ! que dirait fée Mignonnette d'une telle conduite !... »

Comme il achevait ces mots, la petite fille se baissa pour ramasser sa bêche et s'en aller. Dans ce mouvement son chapeau se détacha, et une éblouissante chevelure blonde ruissela comme un flot onduleux sur ses épaules. Le jeune homme à cette vue poussa un cri de surprise et, se précipitant dans l'escalier, courut

vers le jardin, mais en arrivant près du puits, il ne
trouva plus que le livre abandonné par la jeune fille,
au cri échappé à Lothaire. Le saisir, l'emporter dans sa
chambre fut pour celui-ci l'affaire d'un instant. Arrivé
chez lui, il l'ouvrit en tremblant et découvrit sur la
première page quelques lignes d'une écriture fine,
mais ferme et distincte.

« Voilà, se dit Lothaire, qui me dira sans doute le
nom de cette enfant. » Et concentrant tous ses efforts,
il parvint à déchiffrer ce qui suit :

« Nul ne doit négliger de s'instruire. Pour
« l'homme, la paresse est un crime ; pour la femme,
« une honte. »

Lothaire baissa la tête ; ses joues couvertes de rougeur le brûlaient, des larmes coulaient de ses yeux.
Après une courte mais profonde méditation, il releva
la tête et s'écria :

« Fée Mignonnette ! fée Mignonnette, merci !...
Désormais je dis adieu à cette vie de fainéantise dans
laquelle j'oubliais tous mes devoirs. »

A l'heure où les deux sœurs rentraient dans le
palais, Lothaire, penché sur le livre, lisait encore avec
une avide ardeur. Ni le lendemain, ni les jours sui-
vants, il ne parut à la cour, au grand étonnement
de tous et surtout des deux princesses. Il vivait ren-
fermé chez lui, dévorant le précieux volume dans
lequel il puisait une foule de connaissances utiles,
nobles et élevées. En vain l'invitait-on à quitter cette
retraite, il refusait toujours sous prétexte de terminer

5

un important travail. Les deux sœurs, désappointées, voyaient par là leurs projets déconcertés et frémissaient de ne pouvoir les mettre de suite à exécution, lorsqu'un événement inattendu vint arracher Lothaire à ses études.

Les nombreux soupirants de Giocacore, les uns humiliés dans leur vanité, en voyant les succès d'un jeune inconnu auprès d'elle, les autres blessés dans leur amour réel, tous furieux d'avoir été dupes de faux semblants, s'étaient successivement retirés de la cour sans que Giocacore, absorbée cette fois par une passion sincère, s'en fût préoccupée. Une fois hors des frontières, tous, sous l'inspiration du farouche Sturmhofenbier, le plus orgueilleux et le plus vindicatif, formèrent une ligue et jurèrent de tirer une vengeance éclatante de ce qu'ils regardaient comme d'humiliantes perfidies.

Ayant réuni leurs troupes, ils envahirent à la fois les États du grand-duc de Savromitanie; la terreur fut au comble dans toute la contrée. Parmi les adorateurs de Giocacore, il en était un, le comte de Prawdakochaczy, noble seigneur d'une trentaine d'années, dont la sœur Wandalinska était fiancée depuis un an au prince Dariman. L'empêcher de se joindre aux alliés était d'une importance capitale. Dariman accourut à la cour dans l'espoir de le retenir, mais déjà Prawdakochaczy s'était éloigné en laissant deux lettres pour son ami le prince Dariman. Dans l'une, le comte déclarait, qu'accablé par les dédains de Giocacore et ses préférences pour un aventurier sans nom et sans fortune, il s'éloignait ; mais que par amitié pour Dariman, il prétendait rester neutre dans la guerre actuelle. Dans l'autre, c'était la belle Wandalinska, qui renvoyait à Dariman la bague des fiançailles, en lui disant qu'elle ne saurait donner sa main au frère d'une personne dont la frivole légèreté faisait le malheur de son bien-aimé frère.

Dariman aimait Wandalinska ; aussi fut-il atterré de ce coup. Il se précipita chez son père, lui reprocha sa faiblesse envers ses sœurs ; puis, se tournant vers Giocacore, la supplia avec la plus vive éloquence de rappeler Prawdakochaczy pour l'épouser sans retard. Mais voyant ses larmes et ses prières impuissantes à émouvoir sa sœur, il se laissa emporter par la passion, jurant qu'il saurait punir l'insolent qui, abusant de ses bienfaits, avait profité de son absence pour chercher à séduire sa sœur, et usurper par un brillant mariage le rang dont son obscurité le rendait indigne. En cet instant, un rideau de tapisserie s'entr'ouvrit et Lothaire apparut, pâle comme un spectre. Arrivé près de Dariman, il mit un genou en terre et, la toque à la main, lui dit d'une voix émue, mais ferme :

« Noble prince, je vous dois sans doute beaucoup, et je reconnais n'avoir rien fait pour mériter vos bienfaits, mais cessez d'accuser avant tout cette noble princesse, et daignez écouter mes paroles. J'étais dans ma chambre, lorsque tout à l'heure on vint m'avertir de votre arrivée. J'accourais pour me jeter dans vos bras quand, parvenu à cette porte, mon nom prononcé avec colère me fit prêter l'oreille à vos discours. Vous me croyez capable d'une infamie! Dieu m'est témoin de mon innocence ; mais les serments ne sauraient suffire pour vous détromper. Frappez-moi donc, ou plutôt, accordez-moi la faveur de vous suivre à l'armée, et sans risquer de tremper votre main dans un sang innocent, laissez-moi chercher une mort glorieuse dans les combats. »

Dariman, touché aux larmes, le releva en l'embrassant, et lui adressa ces paroles :

« Pardonne à mon aveugle colère, cher Lothaire, j'étais injuste envers toi, je le sens. Oui, viens avec moi, non pour mourir, mais pour vaincre et venger nos provinces dévastées. »

Tous deux, bénis par le grand-duc, coururent se préparer au départ. A peine avaient-ils disparu qu'un écuyer pâle d'effroi se précipita dans la salle.

« Prince, s'écria-t-il, le peuple exaspéré par le nouvel impôt frappé par ordre de la princesse Oropiglia, et encouragé par l'approche des ennemis, se porte en armes contre le palais, renversant, incendiant tout sur son passage!.... »

A cette nouvelle, le vieux prince, se tournant plein de fureur vers ses filles, les accabla des reproches les plus violents sur leur légèreté, leur avarice, leurs folies, causes des calamités sans nombre qui toutes ensemble accablaient sa vieillesse. Puis, s'élançant au dehors, il courut rejoindre son fils. Déjà celui-ci, accompagné de Lothaire, avait réuni quelques soldats fidèles. Tous trois, faisant ouvrir les portes, fondirent avec impétuosité sur la foule menaçante, la dispersèrent en tout sens par des attaques imprévues; puis, la rébellion domptée, le grand-duc, par de sages édits sut apaiser les cœurs, et donner ainsi à son fils le temps de voler au-devant des ennemis, tandis que lui-même veillait au repos intérieur de ses États.

Sans perdre de temps, Dariman et Lothaire, montés sur de vigoureux coursiers, coururent rejoindre l'armée. Malgré leur diligence, il arrivèrent lorsque déjà elle était aux prises avec l'ennemi. Assaillis avec impétuosité, les soldats, ne voyant pas Dariman à leur tête, cédaient de toutes parts. Le jeune prince se précipita au centre, rompu par des charges écrasantes. Lothaire vola à l'aile droite que l'altier Sturmhofenbier attaquait avec une violence irrésistible. Fendant le flot des fuyards, Lothaire poussa droit contre le brutal colosse. A sa vue, Sturmhofenbier jeta un cri de fureur, et tous deux combattirent avec acharnement; bientôt leurs lances furent rompues, puis leurs épées, puis leurs haches d'armes; enfin, tous deux renversés à terre, la lutte continua corps à corps jusqu'au moment où Lothaire, par un effort désespéré, enfonça sa dague dans la gorge du géant. Comme il se relevait, il vit à ses côtés un vieux soldat qui depuis le début du combat ne l'avait pas quitté; son aspect le frappa, mais en vain chercha-t-il à se rappeler dans quelles circonstances il l'avait déjà rencontré.

« Bien, jeune homme, lui dit le soldat, mais ce n'est pas tout que d'être vaillant, il faut savoir conduire le combat. Écoutez-moi, et la victoire vous est assurée. » Il fit remarquer alors à Lothaire le centre et l'aile gauche entièrement défaits ; les ennemis, fiers de ce triomphe, étaient emportés à leur poursuite; le vieillard lui dit de réunir les troupes de l'aile droite victorieuse depuis la chute de Sturmhofenbier, puis de charger en flanc et en queue ses adversaires trop confiants dans leurs avantages.

Tous deux, ayant repris d'autres montures, firent exécuter ce mouvement qui justifia les prévisions du vieux guerrier; et bientôt les ennemis, taillés en pièces, s'enfuirent de toutes parts, laissant sur le champ de bataille une foule de morts et le plus riche butin; mais comme Lothaire appelait de tous côtés Dariman, il le vit qui, seul et blessé, luttait à l'écart contre trois soldats ennemis. Volant à son secours, il renversa d'un coup formidable un des assaillants, tandis que le vieux soldat, son fidèle compagnon, faisait mordre la poussière à un second; le troisième sans attendre, tourna bride; et Lothaire fou de bonheur entendait le jeune prince le proclamer son sauveur et le sauveur de l'armée.

VIII

La capitale de Savromitanie frémissait d'allégresse
au bruit des cloches, des fanfares et des cris de :
Vive Dariman ! Vive Lothaire ! saluant le retour
triomphal de l'armée.

Des fenêtres du palais, le grand-duc, entouré de sa
cour, saluait les vainqueurs ; et chacune des deux
princesses, admirant l'air intrépide de Lothaire monté
sur un impétueux coursier d'Arabie, sentait redoubler son amour pour le héros du jour.

Ayant mis pied à terre, les deux jeunes gens en-
trèrent dans la salle du trône, suivis d'une foule de
guerriers.

Quoique blessé, Dariman fit un récit détaillé du
combat. Avec une louable abnégation, il se plut à si-
gnaler Lothaire comme son sauveur et le véritable

vainqueur des ennemis. « Car, disait-il, c'est encore plus son génie des batailles que la force de son bras qui a mis en fuite nos ennemis. »

« J'ai fait vœu, dit à son tour le grand-duc, d'accorder les honneurs du triomphe souverain à qui raffermirait en ce jour mon trône ébranlé : c'est donc à vous, Lothaire, que je les décerne ; mais je vous dois plus encore, la vie de mon fils. Pour acquitter une pareille dette, je vous accorde n'importe quelle faveur il vous plaira de choisir, sans en excepter la main d'une de mes filles, si telle récompense était le but de votre noble ambition. »

Remettant alors à Giocacore une paire d'éperons d'or et à Oropiglia une couronne de feuilles de laurier en diamants, lui-même prit une magnifique épée garnie de pierreries, et, faisant signe à Lothaire :

« Approchez, mon fils, lui dit-il, que mes filles et moi nous vous remettions les insignes dus à vos talents comme à votre vaillance. »

Lothaire allait répondre à cet appel, lorsque ses yeux rencontrèrent le regard d'un vieux soldat perdu dans la foule. C'était l'homme dont les sages conseils l'avaient dirigé dans le combat. Le jeune homme hésita quelques instants, vivement combattu entre l'orgueil de triompher aux yeux de tous et la honte secrète de dérober une gloire appartenant à un autre. Surmontant enfin toute hésitation, il courut au soldat, l'entraîna au pied du trône et dit :

« Grand prince ! voilà celui qu'il faut récompenser : je n'ai fait que suivre ses avis; la victoire lui est
due, il a seul droit au triomphe ! »

Tant de modestie chez un si jeune homme émut singulièrement l'assemblée, et un long murmure d'admiration vint récompenser Lothaire de sa loyale action.
Le grand-duc, vivement ému lui-même, remit, bien
qu'à regret, l'épée au soldat, puis les princesses s'a-
vancèrent à leur tour; mais à peine l'eurent-elles en-
visagé de plus près que toutes deux reculèrent, stupé-
faites de retrouver en lui le pauvre mendiant que jadis
elles avaient dédaigné. Pour lui, attachant sur chacune
d'elles un regard plein d'autorité, il tendit à Giocacore
ses pieds souillés de boue et de poussière en lui disant :

« Princesse, le triomphateur attend ses éperons. »
Puis, se retournant vers Oropiglia, il ajouta : « Ne
voyez-vous donc pas que mon front attend la couronne ? »

Dominée par une terreur involontaire, Oropiglia
déposa en tremblant l'étincelant feuillage sur la chevelure inculte du vieux guerrier, tandis que Giocao-
core, à genoux, attachait de ses belles mains l'em-
blème de la chevalerie aux talons du soldat. Sans
leur adresser un seul mot de remerciement, celui-ci,
se tournant alors vers le grand-duc :

« Merci, prince, dit-il, pour ces glorieux honneurs;
mais je ne saurais priver cet héroïque jeune homme
de la récompense qui lui est due. S'il est vrai que mes

conseils ont décidé la victoire, sa valeur seule sut les mettre en œuvre et son bras seul sauva votre fils. A toi donc, Lothaire, cette épée, ces éperons, cette couronne dont ta modestie t'a rendu plus digne encore que tes hauts faits ; à toi aussi la main de celle des princesses que ton cœur te dira de choisir, le prince l'a juré, il sera fidèle à son serment. »

Et malgré la résistance de Lothaire, il le força à recevoir les insignes du triomphateur.

Mille cris d'enthousiasme éclatèrent de toutes parts, et Dariman, saisissant la main de Lothaire, s'écria :

« Eh bien ! mon noble sauveur, qu'attends-tu pour parler ? Il me tarde de t'appeler mon frère ; décide laquelle de mes deux sœurs aura le bonheur de partager ta vie !...

—Arrêtez ! s'écria le soldat, n'avez-vous donc que deux sœurs ! avez-vous oublié Lenor ?

—Lenor ! s'écrièrent à la fois tous les assistants.

—Oui, Lenor, reprit le vieux soldat, celle qui jadis ne craignit pas de serrer dans ses petits bras l'humble mendiant et de vider dans sa main l'or destiné à ses plaisirs !

—Lenor ! s'écria le grand-duc avec stupeur. Soldat, que sais-tu d'elle ?... parle !... » Mais, en cet instant, Oropiglia, craignant de voir surgir cette sœur depuis longtemps disparue et à laquelle elle aurait à rendre en partie les trésors qu'elle s'était appropriés, tomba évanouie. Profitant du trouble général, le vieux soldat avait disparu, lorsque, le calme renaissant, le grand-duc voulut l'interroger de nouveau.

Le soir du même jour, Lothaire, rêveur, venait s'asseoir sur la margelle du puits où, naguère, lui était apparue la pauvre enfant dont la vue l'avait arraché à la paresse.

« Il est donc vrai, se disait-il, je puis d'un mot gravir au sommet des honneurs et de la fortune !... Je puis, d'un mot, être l'époux de la belle Giocacore ou de la riche Oropiglia !... Mais Lenor !... Si ce portrait n'est pas menteur, c'est elle, je le sens, que mon cœur voudrait posséder !... Hélas ! ce vieux soldat disait-il vrai ? Peut-être ignore-t-il son destin ! Peut-être n'existe-t-elle plus !... Nul ne sait, d'ailleurs, ce qu'il est devenu ; pourquoi aurait-il disparu s'il savait où se trouve cette jeune princesse !..... Qui me dit que cette ressemblance avec fée Mignonnette n'est pas une simple hallucination de mon esprit ?... Quel mystère impénétrable !... Laisserai-je échapper, pour un rêve peut-être, la fortune qui est là, m'offrant tous ses dons avec Oropiglia, le bonheur qui s'offre à moi avec les promesses les plus enivrantes par la main de Giocacore ?... Que résoudre ? Giocacore est si belle !... »

En ce moment, une main d'albâtre se pose sur son bras. Il se retourne et voit à ses côtés celle dont sa pensée évoquait les attraits enchanteurs. Elle avait une contenance craintive et timide, ses grands yeux baissés laissaient glisser entre les franges soyeuses de

leurs longs cils humides de larmes, des regards tout
chargés d'effluves passionnées :

« Lothaire, dit-elle d'une voix tremblante, qu'attends-tu pour parler? N'as-tu pas deviné combien...
je t'aime ! »

Et se laissant aller comme vaincue par son émotion, elle s'affaissa aux pieds du jeune homme.
Mais lui, plein d'un trouble inconnu, la reçut dans
ses bras en murmurant :

« Quoi! madame, serait-il vrai, j'ai pu vous
plaire ?

—Ingrat! il le demande!... Ainsi, il a fallu que
cet aveu s'échappât de mes lèvres pour te révéler ma
tendresse !...

—Pardonnez, madame, mais le respect,... la différence de nos rangs,... les obstacles qui nous sé-
parent...

—Ah! que parles-tu de rang, d'obstacles? s'écria la
princesse, en attachant sur Lothaire un regard pas-
sionné, ta valeur a tout égalisé entre nous, a tout
aplani!... Désormais, laisse parler librement ton
cœur; vois, je ne crains plus, moi, de te dévoiler
mon amour, puisque, d'un mot, tu peux obtenir ma
main !...

—Hélas ! murmura Lothaire, entraîné par ce flot
de passion, mais donnant un dernier soupir au souvenir de fée Mignonnette.

—Hélas !... tu dis hélas ! s'écria la princesse, s'arrachant de ses bras par un brusque effort. Ah ! quelle

lumière !... tu aimes ailleurs ? Cruel, réponds, j'ai une rivale, parle ! ou plutôt non, tais-toi, car s'il en était ainsi, la mort seule pourrait me soustraire au désespoir de te perdre, à la honte d'avoir révélé mon amour !... Tu ne dis rien... Eh bien ! qu'il soit donc fait selon ta volonté !... porte à l'heureuse Oropiglia cet amour dont j'eusse fait mon bonheur... A moi la mort et l'oubli !... »

En achevant ces mots, elle s'élança sur la margelle du puits, prête à se précipiter dans le gouffre, mais Lothaire, l'arrachant loin du péril, lui dit avec égarement :

« Arrêtez !... Non, je n'aime pas Oropiglia... non, je le jure...

—Et pourtant, reprit Giocacore en lui saisissant la main, tu portes à ton doigt un gage de son amour ; elle seule a pu te donner ce rubis précieux, ne nie pas, jadis j'ai vu cette bague...

—Je jure qu'il ne me vient pas d'elle !...

—Si tu dis vrai, remets-moi ce rubis, et ma vie t'appartient !

—Ce rubis ! jamais !... jamais ! s'écria Lothaire, la mort seule pourrait m'en séparer.

—Tu refuses, reprit la princesse d'une voix sourde, j'en étais sûre, j'ai une rivale... Que m'importe que ce soit Oropiglia ou toute autre... mais en vain tu voudrais me cacher son nom... je saurai le découvrir, et, alors, malheur à celle qui me ravit ton cœur ! »

6

À mesure qu'elle parlait, ses traits, contractés par la fureur, avaient perdu cette séduction à laquelle Lothaire avait failli succomber. Il comparait alors ce visage empourpré de colère et d'orgueil avec la physionomie enchanteresse du portrait de Lenor, en tout si semblable à celle de fée Mignonnette; et, portant le rubis à ses lèvres, il renouvelait intérieurement le serment de ne jamais s'en séparer. Voyant à la contenance de Lothaire que tout espoir de conquérir son cœur était perdu pour elle, Giocacore s'enfuit rapidement vers le palais et vint toute haletante chez sa sœur.

« C'en est fait, dit-elle d'une voix saccadée, je te l'abandonne, ce présomptueux est indigne de moi. » Puis, sans attendre de réponse, elle se précipita hors de la chambre et courut dans son appartement dévorer ses larmes et sa honte.

I X

Dès que Giocacore eut disparu, Oropiglia frappa sur un timbre ; un page parut.

« Courez chercher Lothaire, dit-elle, et dites-lui que je l'attends avec impatience. »

Le page une fois parti, un amer sourire vint plisser les lèvres d'Oropiglia.

« L'insolente ! murmura-t-elle, elle me l'abandonne ! Comme si je n'avais droit qu'à ses rebuts.... N'importe, s'il a repoussé cette folle, l'accès de son cœur me sera plus facile. Pour être moins belle qu'elle, suis-je donc sans charmes ? » Et en parlant ainsi, elle grimaçait avec complaisance en voyant se refléter dans une glace ses traits durs, son teint couperosé, ses yeux chassieux, sa bouche en tenaille, son menton en galoche et sa taille osseuse, emprisonnée dans un vieux corsage de velours vert bouteille que, par économie, elle avait fait tailler dans un ancien habit de son père. « Oui, continua-t-elle, on ne manque pas d'attraits, et s'il fallait en rehausser la valeur, n'ai-je pas mes richesses? »

Elle alla presser un ressort au pied d'une lourde table; tous les panneaux de la boiserie s'ouvrirent alentour, et, à la clarté des lumières, mille écrins firent scintiller aux yeux, ici des diamants, des rubis, des émeraudes; là, des perles, des saphirs, des turquoises, des monceaux d'or, d'argent, et des chefs-d'œuvre d'orfévrerie ornés de pierres précieuses. Oropiglia plongea ses mains dans un sac d'or avec amour, ses yeux brillaient d'un feu cupide et sauvage. «—Qui donc résisterait à la tentation de posséder de telles richesses?... se demanda-t-elle. Non, c'est impossible!... Et pourtant, s'il allait me repousser aussi!... Ah! il ne sera pas dit qu'un être quelconque a pu humilier Oropiglia; ma vengeance est là sous ma main. Dépêchons, que tout soit prêt avant qu'il arrive!... »

Se dirigeant alors vers une lourde portière, elle la souleva, et, élevant la voix :

« Venez, seigneur, dit-elle, et hâtez-vous. »

Un homme bardé de fer parut; sa visière relevée laissait voir une figure dont l'expression cruelle et dissimulée fit involontairement frémir Oropiglia.

« Vous vous appelez Homfroi et vous êtes de la Gallilopolie? reprit-elle, après un court silence.

—Oui, noble dame.

—Vous avez promis mille pièces d'or à qui vous livrerait un neveu confié à votre tutelle, et dont, en cas de mort, vous seriez l'héritier?

—Il est vrai.

—Vous prétendez que ce parent n'est autre que le triomphateur?

—Je suis certain qu'il en est ainsi, je l'ai vu, je l'ai reconnu.

—Cette somme, où est-elle?

—Ici, dans cette bourse, et il tendit un lourd sac de cuir.

—Avez-vous exécuté mes instructions?

—Oui, mes séides sont cachés en embuscade dans la chambre même de ce Lothaire, au bout de la galerie dans laquelle se trouve ce portrait devant lequel, m'avez-vous dit, il s'arrête chaque fois qu'il passe. Moi-même, suivi de deux robustes compagnons, nous le suivrons pas à pas. A peine entrés, à un signal, des deux extrémités de la galerie nous fondons sur lui, le garrottons et l'enlevons incontinent.

—Enlever est peu sage, le peuple pourrait le reconnaître et l'arracher de vos mains. Il serait plus prudent..... » et, sans achever la phrase, elle voulut prendre le sac d'or que l'homme retira à lui.

« Je vous comprends, reprit Homfroi, mais, rassurez-vous, le cheval qui l'emportera n'emportera qu'un cadavre...

—Cela vous regarde... » reprit Oropiglia, voulant

de nouveau saisir le sac d'or, mais Homfroi l'arrêta en disant : .

« Quand vous m'aurez livré Lothaire, pas avant.

—C'est juste, repartit Oropiglia, rentrez donc dans ce cabinet, j'attends Lothaire ; dès qu'il sera temps, je frapperai sur ce timbre, et vous pourrez paraître. »

Homfroi disparut, la porte du cabinet se fermait sur lui à l'instant même où Lothaire, sans défiance et sans armes, paraissait à l'autre extrémité de la salle.

« Approchez, noble seigneur, lui dit Oropiglia, et venez vous asseoir près de moi ; mon cœur a besoin de vous exprimer à loisir sa tendre reconnaissance pour les éclatants services qu'en ce jour vous venez de rendre à l'État comme à ma famille.

—Madame, répondit le jeune guerrier, je n'ai déjà été que trop comblé d'honneurs et de récompenses.

—Oui, pour un cœur comme le vôtre, les éloges d'une simple femme sont trop peu auprès des ovations de la foule ; et pourtant, lorsque c'est un cœur plein d'un tendre enthousiasme qui vient vous dire : Soyez heureux, soyez béni, soyez aimé, noble jeune homme auquel le sort a prodigué beauté, courage et noblesse ! devriez-vous repousser cet hommage ?..

—Croyez, madame, dit Lothaire, que de tels éloges dans votre bouche sont au contraire inestimables à mes yeux ; votre auguste père m'a comblé d'honneurs, vous y ajoutez encore par votre estime, et les expressions me manquent pour vous peindre toute ma reconnaissance.

—Mon père a mieux fait encore, Lothaire, il a pensé à votre avenir, et, d'un mot, vous pouvez devenir pour lui un second fils.

—Noble princesse, croyez que je suis incapable de me targuer d'une promesse échappée à un premier mouvement de reconnaissance, pour prétendre à un tel honneur.

—Et pourquoi cette réserve? Je ne sais quels sont les sentiments de ma sœur, mais croyez-le bien, celle qui ce matin déposait sur votre front la glorieuse couronne du triomphe serait fière et heureuse de partager avec vous sa vie et ses richesses. »

Et comme le jeune homme restait impassible : « Sachez, Lothaire, reprit-elle à voix basse, que celle qui vous parle possède l'élément d'où découle en ce monde tout bonheur, toute puissance. Voyez plutôt!... »

Et, faisant jouer le ressort caché, elle fit resplendir aux regards étonnés de Lothaire ses trésors innombrables.

Une sorte d'éblouissement à la vue de tant de richesses avait frappé Lothaire. Involontairement il se disait : « Un seul mot, et tout cela est à moi!... » Oropiglia devina sa pensée, certaine désormais de sa victoire.

« Oui, reprit-elle, tout ceci est à toi; tout, avec ma personne, car je t'aime, vois-tu bien, je t'aime avec frénésie et c'est pour te faire grand, puissant entre tous, que j'accumule ces richesses !

—Et le bonheur!... murmura Lothaire, suivant le fil de ses pensées.

—Le bonheur ! répondit en pâlissant Oropiglia à ce mot révélateur, le bonheur, enfant, tu l'auras parfait, enivrant, immense!...

—Quoi ! en vous épousant! » s'écria-t-il. Oropiglia frémit de fureur, mais elle avait présent à l'esprit l'oracle de Micromidas; et, habile à se dominer, elle résolut d'employer une nouvelle route pour atteindre son but. Saisissant la main de Lothaire, elle reprit, la voix tremblante et l'œil humide :

« Écoute, tu en aimes une autre, n'est-il pas vrai ? sois franc, réponds sans crainte; je ne te demande pas son nom, je ne veux pas le savoir..., non, je ne le veux pas, fût-ce même Giocacore.

—Non, princesse !...

—Qui donc alors, car tu n'as pu prendre au sérieux les paroles de ce soldat, et croire à l'existence de Lenor; mais enfin, tu aimes! » Et voyant que Lothaire ne répondait pas : « Ton silence m'en dit assez, reprit-elle; à moi donc d'immoler mon bonheur, mais du moins, à moi de t'assurer une destinée heureuse, brillante, enviée de tous, telle que moi seule pouvais te l'offrir !

—Que voulez-vous dire? s'écria Lothaire, ne sachant ce que signifiait un tel langage.

—Je veux dire que toutes ces richesses, je te les donne.

—A moi! exclama Lothaire, stupéfait d'un tel acte chez une telle personne.

—Oui, à toi, reprit Oropiglia, pour que tu sois heureux, pour qu'au moins le souvenir d'Oropiglia reste doux dans ta mémoire. Oui, va chercher celle que ton cœur a choisie et porte-lui ces trésors, je le répète, ils sont à toi!

—Ah! madame, s'écria le jeune guerrier tombant aux genoux d'Oropiglia, comment pourrais-je jamais vous témoigner mon respect, ma reconnaissance? Mais, non, c'est impossible, je refuse, je ne puis accepter.

—Dans une heure j'entre au couvent, interrompit Oropiglia, ma résolution est irrévocable, tu vois bien que ces richesses ne me sont plus nécessaires; accepte donc sans scrupules, et si tu veux t'acquitter envers moi, laisse-moi emporter ce seul rubis qui brille à ton doigt, sa vue dans ma retraite me dira que tu es heureux et que parfois tu donnes une amicale pensée à la malheureuse Oropiglia. »

Lothaire sentit un frisson glacial parcourir tout son corps. Eh quoi! ce rubis pourrait le rendre riche et puissant à jamais! en échange de ce don, mille pierres précieuses pourraient le lui remplacer, et il venait de se jurer de ne le jamais quitter! Était-ce donc sagesse à lui? Devait-il sacrifier ainsi la fortune à un serment prêté dans le secret de sa conscience? Oropiglia, haletante de colère et d'anxiété, suivait d'un regard ardent les doigts du jeune homme s'essayant à retirer l'anneau mystérieux. Déjà Lothaire l'avait retiré et allait le lui tendre lorsque, jetant une dernière fois les yeux sur la pierre scintillante, il la remit brusquement à son doigt en s'écriant :

« Jamais, non, jamais tu ne me quitteras, bague chérie! je l'ai juré et je tiendrai mon serment. Gardez vos trésors, noble Oropiglia, et demandez-moi toute autre chose, car cet anneau, je ne puis m'en défaire.

—Ingrat! perfide! hors de ma présence, insolent reptile, s'écria Oropiglia, laissant éclater sa fureur, disparais et sois maudit!...

—Qu'avez-vous? madame, de grâce, remettez-vous!

—Pars! te dis-je, ta présence souille ma demeure, mais rappelle-toi que le mépris, la haine et la vengeance d'Oropiglia te poursuivront partout! »

Révolté par ces outrages, Lothaire se hâta de sortir. La princesse saisissant un maillet, frappa un coup violent sur le timbre d'airain. A cet appel, Homfroi suivi de deux acolytes, apparut.

« Où est l'or? s'écria Oropiglia.

—Le voici, répondit Homfroi, lui tendant le sac de cuir.

—Et l'homme que tu réclames, le voilà qui marche dans cette galerie, suis-le, sa vie est entre tes mains, au retour je veux voir son cadavre! » Et saisissant le prix de sa trahison, elle tomba écumante de rage sur le sol.

X

On aurait dit que la nature partageait les fureurs d'Oropiglia, tant les rugissements d'un épouvantable orage ébranlaient l'atmosphère ; des éclairs sillonnaient incessamment les ombres de la nuit et leurs lueurs blafardes éclairaient le retour de Lothaire vers son appartement. Arrivé dans la galerie qui pré-

cédait sa chambre, il s'arrêta devant le portrait de
la petite Lenor; il lui semblait que les yeux de l'enfant brillaient d'un feu inaccoutumé et que sa bouche lui souriait avec amour. « Ah! fée Mignonnette,
fée Mignonnette, s'écria-t-il vivement ému, est-ce bien
vous que je vois, ou bien est-ce cette Lenor mystérieusement disparue!... Hélas! vous serais-je donc
infidèle en aimant votre image!... Si ma voix peut
vous parvenir, ayez pitié de mon long martyre... éclai-
rez-moi, secourez-moi! » Un éclair plus éclatant que
les autres vint à ces mots frapper le portrait et fit
briller le rubis enchâssé dans la peinture sur le doigt
de la jeune enfant, selon l'usage des tableaux de ce
temps; frappé de la similitude de cette pierre avec
celle qu'il portait lui-même, Lothaire voulut la toucher pour s'assurer qu'il n'était pas le jouet d'une
hallucination ; mais au contact de la main le tableau
tout entier, pivotant sur lui-même, ouvrit l'entrée
d'une voûte obscure et profonde. Emporté par la
curiosité il en franchit le seuil; mais aussitôt, le portrait retombant sur lui-même se ferma violemment
derrière lui. Dans le même instant, des deux extrémités de la galerie, des hommes armés conduits par
Homfroi se précipitaient à sa recherche en criant :
« Mort à Lothaire! » Mais en vain fouillèrent-ils les
moindres coins, rien ne vint leur révéler par où leur
victime avait pu s'échapper.

Dans les premiers instants, Lothaire poursuivit sa
marche au milieu d'une profonde obscurité, puis une

lueur rosée vint peu à peu dissiper les ombres qui l'entouraient. Il aperçut alors un vaste paysage tout couvert de neige; les arbres miroitaient, chargés de stalactites brillantes comme du cristal, un vaste tapis blanc recouvrait la terre d'une robe immaculée, et pourtant il lui semblait qu'une brise bienfaisante faisait circuler dans tout son être une indéfinissable sensation de sérénité.

« Où suis-je? s'écria-t-il, quelle est cette contrée si différente de la Savromitanie, où tout était fleur, verdure, parfum?... »

Une croix de bois perdue au milieu de la plaine lui apparut, il s'y dirigea. Comme il en approchait, il vit une jeune fille agenouillée et priant avec ferveur. Entraîné par l'exemple, il mit genoux à terre et éleva son âme à Dieu. Au bout de quelques instants, la jeune fille se releva et se tourna vers lui. En apercevant son visage, Lothaire ne put que s'écrier :

« Fée Mignonnette, est-ce donc vous?...

—Mon nom est Lenor, reprit la jeune fille en baissant les yeux; si tu as froid, si la faim te presse, suismoi, noble étranger, la cabane de mon père est près d'ici, il sera heureux de te recevoir. » Et sans attendre la réponse elle se mit en marche.

Lothaire la suivait, le cœur en proie au plus grand trouble. Il voyait l'abondante chevelure blonde de la jeune fille, retenue par un simple ruban rouge brodé de fils d'or, retomber en boucles épaisses autour de sa taille, des flots de rubans se jouaient à sa ceinture;

7

une chemise grossière n'en dessinait pas moins une
taille souple comme un jonc; un collier de corail
emprisonnait son cou flexible et blanc comme la
neige; sa jupe de bure flottait au-dessus de petits
pieds chaussés de brodequins rouges. Chaque fois
qu'elle détournait la tête vers lui, Lothaire apercevait des sourcils déliés dessinant un arc irrépro-
chable au-dessus de deux yeux d'un bleu céleste
pleins de douceur et d'enjouement. Sous un nez fin
et de forme admirable s'épanouissait une bouche
adorable, dont les lèvres purpurines laissaient entrevoir deux files de perles éblouissantes. Le menton
semblait modelé par les mains de l'Amour, tant il
était délicat et embelli de petites fossettes, véritables
piéges tendus aux cœurs.

« Oui, se disait tout bas le jeune homme en proie
à l'émotion la plus violente, voilà bien fée Mignonnette telle que les années ont dû la développer. Mais
ce nom de Lenor, pourquoi le prendrait-elle?... Tout
en elle me dit de même que l'enfant du portrait
mystérieux a dû en grandissant atteindre ces mêmes
perfections!... Et pourtant une princesse pourrait-
elle porter des vêtements aussi simples?... Il est vrai
qu'ils lui vont à ravir!... »

Au milieu de ces réflexions, ils arrivèrent devant
la porte d'une pauvre cabane couverte de chaume;
la jeune fille souleva un simple tourniquet de bois et
tous deux pénétrèrent dans une chambre dont un
vaste poêle formait comme le principal ornement;

sur un escabeau de bois grossier, un paysan âgé se tenait assis, le dos tourné vers eux.

« Père, lui dit la jeune fille en baisant respectueusement la main qui se tendait vers elle, voici un étranger qui désire se reposer sous ton toit. »

Le paysan se leva, vint droit à Lothaire en lui tendant les bras.

« Qui êtes-vous, de grâce, parlez! s'écria le jeune homme stupéfait, en reconnaissant dans ce simple villageois l'héroïque soldat qui, la veille, lui faisait remporter la victoire en le guidant de ses conseils.

—Celui qui jadis te défendit contre Homfroi, celui qui hier combattait à tes côtés, enfin le protecteur de cette enfant, repartit le vieux guerrier.

—Ainsi donc, cette jeune fille?....

—Fait l'ornement de ma vieillesse par ses grâces, la joie de mon cœur par sa reconnaissance.

—Heureux qui pourrait posséder une telle compagne!.....

—Heureux surtout qui serait digne de la posséder!..... Mais, dites-moi, noble Lothaire, comment vous trouvez-vous dans ces lointaines contrées, loin de cette cour où tout semblait vous sourire, où la fortune, la gloire, l'amour vous offraient une triple couronne? Parlez, vous êtes avec des amis prêts à participer à vos peines, également prêts à se réjouir de vos joies. »

Lothaire fit un récit détaillé des événements de sa vie. Chaque fois qu'il devait mentionner l'influence de fée Mignonnette ou le nom de Lenor, sa voix tremblait d'émotion, et son regard se portait plus troublé vers la jeune fille dont les yeux remplis de larmes s'abaissaient aussitôt, tandis qu'une pudique rougeur se répandait comme un voile diaphane sur le satin de ses joues arrondies.

« Et maintenant, que prétendez-vous faire? lui dit le vieux soldat, lorsqu'il eut terminé son récit.

—Hélas! répondit Lothaire, il y a peu d'instants encore je n'aspirais qu'à attendre ce qu'ordonnerait de moi fée Mignonnette!...

—Et maintenant?...

—Maintenant, s'il me fallait quitter ces lieux, il me semble que tout mon courage m'abandonnerait. » Un rouge plus incarnat couvrit les joues de la jeune fille, et ses yeux, chargés de langueur, osèrent soutenir le feu des regards de Lothaire.

« Ainsi donc, reprit le vieux soldat, vous n'avez nulle envie d'épouser une des filles du grand-duc?

—Je vous ai dit que j'avais repoussé Giocacore et Oropiglia.

—Mais vous ne m'avez rien dit de Lenor?

—Lenor!... s'écria Lothaire, oui, j'ai cru que si je retrouvais la jeune et belle enfant dont le portrait me fascinait en me rappelant fée Mignonnette, mon cœur ne saurait se défendre de l'aimer; mais maintenant j'ai vu une autre Lenor, et c'en est fait de ma vie, car je le sens, mon noble ami, votre fille en un instant s'est emparée de toute mon âme, et je ne saurais plus aimer d'autre femme qu'elle!...

—Ma fille!... as-tu réfléchi, jeune homme, répliqua le vieux soldat, que ma fille ne saurait t'apporter ni richesses, ni grandeurs? qu'en un mot elle est pauvre, vouée au travail, ignorante de toutes ces séductions du monde, si puissantes sur le cœur des hommes? qu'elle n'a pour elle qu'un cœur façonné aux plus pures vertus?

—Ah! que m'importent et la fortune et la grandeur: j'y renonce; là n'est pas le bonheur de la vie, et si fée Mignonnette m'en accordait la permission, c'est à genoux que je viendrais vous dire:

« Accorde-moi la main de ta Lenor, si elle ne me juge pas indigne d'elle; laisse-moi conduire, moi aussi, ta charrue dans le rude sillon de tes champs! laisse-moi partager tous tes travaux, toutes tes épreuves; si Lenor me donne en partage sa tendresse, ton toit deviendra pour moi le vrai temple du bonheur!

—Bien, jeune homme! s'écria le vieux soldat en le pressant dans ses bras. Tu mérites d'être récompensé. Apprends que tu es ici en Podolopolie, dans les États de cette fée puissante qui fut ta protectrice. Suis-moi, noble jeune homme, et rendons-nous à son palais; dans peu d'instants elle décidera de ton sort. Y consens-tu, Lenor? »

La jeune fille, s'élançant dans les bras du vieillard, répondit en jetant un regard plein d'amour sur Lothaire:

7.

« Vous ai-je jamais désobéi, mon père !!... »

Ivre de joie, Lothaire voulut saisir sa main, mais elle, s'échappant, légère comme l'hirondelle, disparut par une porte intérieure.

Le vieux soldat, enfonçant sur sa tête un bonnet de poil de chevreau noir frisé, serra sa pelisse blanche autour de ses reins, et, suivi de Lothaire, tous deux prirent à travers la plaine.

A mesure qu'ils avançaient, le soleil empourprait l'atmosphère, la neige fondait, des moissons luxuriantes jaunissaient autour d'eux ; la vie, circulant dans les arbres, remplaçait par une douce verdure l'éclat du givre, et des milliers d'oiseaux lançaient dans l'air leurs trilles mélodieux. Le cœur de Lothaire bondissait de joie, et le vieux guerrier, rajeuni, marchait d'un pas plus ferme. Arrivés sur une hauteur, ils découvrirent un noble château, s'élevant plein d'élégance sur le bord d'un lac spacieux dont les eaux transparentes, sillonnées par des bandes de cygnes, reflétaient les masses imposantes des arbres groupés alentour. Un portique de quatre colonnes donnait accès dans la demeure, un étendard surmontait une tour flanquant l'édifice ; on voyait dans les jardins mille fleurs éclatantes étaler leur magnificence ; des parfums enivrants, s'échappant de leurs calices, embaumaient l'air ; les sons d'une musique céleste surgissaient du fond des bosquets ; des chars, des chevaux admirables, montés par d'intrépides cavaliers, allaient, se croisant en tous sens, et une armée de serviteurs splendidement vêtus se tenait prête à exécuter les moindres ordres de fée Mignonnette.

Après avoir contemplé quelques instants ce spectacle, le vieillard interrogea du regard Lothaire. Celui-ci, devinant sa pensée, lui prit la main, et la baisant avec respect :

« Marchons, mon père, Lenor et votre chaumière, voilà mon bonheur et ma richesse. »

Un bruit de joyeuses fanfares retentit aussitôt. Emportés par un tourbillon, les deux piétons se sentent transportés comme par enchantement à la porte du palais; tout s'ouvre sur leur passage. Lothaire, entraîné par le vieillard, gravit en un instant un escalier dont chaque marche est un bloc de cristal; une porte d'or s'ouvre, et il aperçoit, au fond d'une salle de topazes encadrées de lapis-lazuli, un trône d'or sur lequel une femme drapée d'une mousseline parsemée de diamants, retenue à la taille par une ceinture de saphirs, la tête surmontée d'une aigrette de rubis, le cou orné de sept rangs de perles admirables, les pieds chaussés de brodequins de drap d'argent brodé de turquoises monstrueuses, lui tend les bras. Lothaire, effrayé, s'arrête en frémissant, car cette femme c'est Lenor, c'est la fille du vieux soldat !!...

« Viens, mon bien-aimé, approche sans crainte! lui dit une voix d'une douceur enchanteresse ; cette fée Mignonnette, dont tu viens réclamer l'appui, c'est moi, c'est ta Lenor, c'est la fille du grand-duc de Savromitanie, ou plutôt c'est l'enfant recueillie par le grand Micromidas qui, sous les traits d'un pauvre mendiant, sut m'arracher au poison des cours et me fit part de sa puissance, afin que je pusse discerner l'homme auquel je confierais mon bonheur!... Viens, il est temps, ta bien-aimée... ton épouse... ta compagne te tend les bras. »

A cet appel, Lothaire va tomber aux pieds de la princesse dont il couvre les mains des plus tendres baisers.

« Enfants, dit alors le soldat, transformé, lui aussi, en un auguste vieillard couronné d'un bandeau de pierreries et couvert d'une robe écarlate brodée d'or; enfants, soyez heureux! Toi, ma fille, ta douceur, ta charité, ta soumission, ton amour pour le bien, pour le beau, pour l'utile, ont depuis longtemps mérité la récompense que tu reçois. Toi, Lothaire, en surmontant, pauvre enfant abandonné, les sept péchés capitaux qui tentent le cœur de l'homme, tu as su conquérir le bonheur, qui désormais t'appartient pour toujours. Retournez actuellement en Savromitanie, allez consoler le grand-duc votre père et votre bienfaiteur; car, sachez-le, autant la récompense est grande pour qui fut vertueux, autant la peine est terrible pour qui fut méchant. Voyez plutôt!... »

Et leur présentant un miroir magique, tous deux virent Oropiglia étranglée par Homfroi, au milieu de ses trésors pillés par les complices de ce monstre. Puis Dariman accourant la venger et plongeant son glaive dans les flancs de l'assassin; Giocacore proster-

née au pied des autels, pleurant les tourments in-
fligés par sa cruelle coquetterie à la foule de ses adorateurs ; le grand-duc maudissant sa faiblesse pour
des filles ingrates et l'absence de sa pauvre Lenor,
dédaignée dans son enfance.

« Ah ! mon père ! mon frère !!... mes sœurs ! s'écria
fée Mignonnette éclatant en sanglots.

—Calme-toi, ma fille, retourne auprès de ton père,
ta présence lui rendra le bonheur. Lothaire conduira
Dariman près de celle qu'il aime, et qui lui rendra
son amour en apprenant le repentir de Giocacore ;
celle-ci elle-même aura encore des jours heureux en
voyant le comte de Prawdakochaczy revenir à elle
plus tendre que jamais et lui offrir sa main. Sèche
donc tes larmes, ne pense plus qu'au bonheur d'avoir
un époux digne de ton amour. »

A ces mots, fée Mignonnette, rompant la baguette
d'or, insigne de sa puissance, dit à Lothaire, en l'en-
laçant de ses bras :

« Désormais, pour être heureuse, tout talisman
m'est superflu, puisque j'ai ton amour !...

—Oh ! Lenor, désormais, répondit Lothaire, ap-
puyé sur ton cœur je puis braver la fortune comme
l'adversité. »

UNE FLEUR
POUR LE BOUQUET DE LISE

UNE FLEUR POUR LE BOUQUET DE LISE

LES LILAS

FABLE

Dédiée à sa fille, mademoiselle Laure l'Bz.......ka

Jadis dans l'Orient vivait un schah de Perse,
Bon prince, peu guerrier,
Mais très-grand jardinier.

8

Que le soleil brillât, ou bien qu'il plût à verse,
    On le voyait, dès le matin,
    Courir en hâte à son jardin.
C'était pour ses voisins une fameuse aubaine
Aimer à cultiver vous rend peu conquérant
Et ce goût chez un prince est un bonheur très-grand.
Aviez-vous un procès? Pour vous tirer de peine,
    Devant ce souverain
Vous n'aviez qu'à paraître une fleur à la main,
Et lui, sans nul retard, pour la planter en terre,
Arrangeait au galop votre méchante affaire.
    Un jour que deux enfants,
    Deux sœurs bonnes et belles,
    Au beau milieu des champs
    Se disputaient entre elles,
    Tirant de leur beauté
    L'étrange vanité
    D'être la préférée
    D'une mère adorée,
    L'une dit : « Sœur, sur ce sujet
    « Du roi consultons la justice ? »
L'autre reprit : « Eh bien ! que ton vœu s'accomplisse,
    « J'accepte son arrêt... »
Devant le schah chacune se présente,
Rougit, salue, et d'une voix tremblante
De lui réclame un arrêt souverain.
Le roi sourit et les mène au jardin,
Leur fait bander les yeux, puis détache une branche
D'un beau lilas lilas et d'un beau lilas blanc.

Muni de ces deux fleurs, les enfants sur un banc :
« Je veux en tel débat qu'ici votre choix tranche,
« Dit-il ; voici deux fleurs, c'est à vous de choisir
« Celle dont le parfum est le plus agréable. »
« —A nos dépens, grand roi, tu veux te divertir, »
S'écrient les deux enfants, « leur odeur est semblable,
« Ou plutôt nous trompant, tu nous fis respirer
« Deux fois la même fleur, nous osons le jurer. »
    Tout aussitôt, leur rendant la lumière,
       Le prince dit : « Voyez ces fleurs ;
    « Comme vous, mes enfants, ce sont deux sœurs.
    « D'éclat divers, chacune à sa manière
    « Brille au soleil, et pourtant leur parfum
       « Est tout un !... »

L'amour de ses enfants pour le cœur d'une mère
De tous points est semblable au parfum des lilas ;
En vain par la beauté l'un de l'autre diffère ;
Que l'un ait de l'esprit, du talent, l'autre pas,
Pourvu que de leurs cœurs la bonté soit l'essence,
Jamais la mère entre eux ne fait de différence ;
    Pour elle ils ont mêmes appas.

                  Duc de D...

Nice, ce 9 février 1862.

WAWRZYNIEC SIEROTA

LAURENT L'ORPHELIN

LÉGENDE POLONAISE

A Mademoiselle Marie-Micheline Prz.......ka

Pendant ces bonnes soirées d'hiver qu'il me fut donné de passer sous votre toit de famille, je vous ai parfois raconté quelque histoire merveilleuse pour distraire votre jeune esprit. L'une d'elles parut vous plaire plus particulièrement, aussi me suis-je décidé à la mettre par écrit.

Acceptez-en l'hommage, et si, dans l'avenir, cette légende vous revient en mémoire, alors que de jeunes enfants réclameront de vous quelque récit fantastique, puisse-t-elle éveiller dans votre souvenir une affectueuse pensée pour celui qui se fait un plaisir de vous la dédier.

Duc de D***

Paris, ce 25 décembre 1859.

WAWRZYNIEC SIEROTA

I

Transportons – nous aux premières années du XVI° siècle, alors que Sigismond le Glorieux s'efforçait de relever la puissance de la république polonaise. Vertus, talents, valeur, ce grand roi avait tout ce qui rend digne de commander aux hommes et semblait ainsi destiné à accomplir l'œuvre civilisatrice des Jagellons.

Mais que de maux intérieurs à guérir, que de luttes à soutenir contre d'ambitieux ou de turbulents voisins, tant chrétiens qu'idolâtres! Les bords de la Baltique, les plaines de la Silésie et celles de la Bohême, les vastes régions qui, sous les noms de Podolie, Ukraine, Valachie, Moldavie devaient reconnaître la suzeraineté de la Pologne, toutes ces contrées, disons-nous, avaient été successivement le théâtre des révoltes les plus audacieuses et des agressions les plus sanglantes.

De tous ces ennemis que l'aigle blanc avait vus fondre sur son empire, le Tartare criméen s'était montré le plus féroce et le plus avide. Sa torche avait détruit les récoltes comme les villages, son bras avait ravi les mères aussi bien que les filles, son glaive avait égorgé indistinctement enfants et vieillards, prêtres et guerriers ; sous le sabot de son cheval, la terre s'était transformée en un désert lamentable.

Aussi ces riches plaines de l'Ukraine et de la Podolie, dont nous voyons de nos jours les blondes moissons onduler en vagues d'or sous les caresses des brises de l'Euxin, n'étaient-elles plus à cette époque qu'une steppe interminable où paissaient à l'aventure des troupeaux abandonnés et incessamment poursuivis par des bandes de loups féroces.

Toutefois, quelques rares habitants avaient pu trouver un refuge soit dans les profondeurs des forêts, soit dans les îles situées au milieu des vastes étangs qui, de loin en loin, brisaient la monotonie de ces déserts.

Au nord-ouest de la Podolie on remarque un de ces rares asiles; on l'appelle Czarny-Ostrow (l'île Noire), nom que lui a valu sa situation géographique.

Au levant, au midi, au couchant, trois vastes pièces d'eau, ou pour mieux dire trois lacs, à peine séparés les uns des autres par d'étroits marécages, enveloppent Czarny-Ostrow d'une immense ceinture aquatique. Au nord, une petite rivière dont le cours achève d'isoler Czarny-Ostrow des terres environnantes fait communiquer l'étang de l'ouest à celui de l'est. A l'époque dont nous parlons, la cognée n'avait pas encore entamé les futaies centenaires qui, tout autour des lacs, venaient refléter leurs dômes majestueux sur leur surface argentée. Les hauteurs où nous voyons les vitraux de Villa-Gora se jouer sous les feux du soleil n'étaient qu'une épaisse forêt; l'île elle-même, qui compte environ cent hectares de superficie, était parsemée de vieux chênes et de tilleuls odorants, entremêlés çà et là d'arbres fruitiers plantés par la main de l'homme. Aussi les brouillards engendrés par les eaux, retenus de tous côtés par ces masses de feuillages, enveloppaient l'île d'un voile humide et sombre que les vents les plus impétueux avaient peine à déchirer. Cette circonstance peut seule expliquer comment jadis Czarny-Ostrow reçut ce nom d'île Noire, si peu en harmonie avec l'aspect riant et animé de son site justement vanté

9

de nos jours pour la beauté, et plus encore, disons-le, à raison de l'hospitalité qu'y exerce la plus aimable comme la plus belle des châtelaines.

Sur la fin du xv⁰ siècle, les Tartares de la Crimée ayant envahi de nouveau la Podolie, beaucoup de fugitifs s'empressèrent de transporter leurs richesses dans Czarny-Ostrow. Ils les y croyaient d'autant plus en sûreté que Ladislaw, alors seigneur de l'endroit, passait pour l'un des plus intrépides guerriers de son temps ; mais sa valeur même devait attirer contre lui la fureur des barbares. Harcelés sans cesse par ce valeureux chef, alléchés par le riche butin que promettait une telle conquête, les Tartares suspendirent toute autre entreprise et vinrent camper en face de l'île.

On prétend même que le khan de Crimée, leur chef, avait aperçu Hedwige, femme de Ladislaw, alors qu'elle chevauchait près de son époux au milieu des combats, et que, frappé de sa rare beauté, il avait juré par le Prophète d'en faire la reine de ses harems de Batchi-Saraï.

Ayant jugé qu'une attaque de vive force resterait infructueuse, le khan recourut à la ruse. Une nuit, peu avant l'aube, un bruit d'armes s'élève dans les profondeurs des forêts. Au cliquetis des sabres, aux trépignements des coursiers se mêlent des clameurs tantôt slaves, tantôt tartares. On dirait qu'une lutte terrible est engagée autour de Lizi-Gora, point culminant d'où l'œil plonge sur Czarny-Ostrow, là même où le chef tartare a dressé sa tente.

« Ce sont nos frères de Lithuanie et de Pologne, ils viennent nous délivrer, courons seconder leurs efforts!... » s'écrient les défenseurs de l'île.

Ladislaw partage leur confiance, par ses ordres un pont volant est jeté en hâte sur la rivière, on gravit en courant les pentes abruptes de Villa-Gora; mais tout à coup la joie fait place à la stupeur, les cris polonais ont cessé, les hurlements tartares retentissent seuls dans les airs. L'infortuné chef voudrait regagner l'île d'où l'a fait sortir une funeste méprise, l'ennemi l'a déjà enveloppé et nulle retraite ne lui paraît plus possible.

Alors, pareil à l'héroïque Zaboï [1], Ladislaw se précipite au milieu des assaillants, des rangs entiers sont broyés par sa hache formidable, en vain les lames se brisent sur son armure, rien ne l'ébranle; les plus hardis d'entre les Tartares tournent terrifiés autour de lui comme des loups affamés autour de la flamme d'un bivouac. A la fin, ils s'arment de longs crochets de fer, saisissent les jambes du héros, le renversent, et vingt glaives tranchent aussitôt sa vie. Alors sa noble tête, séparée du tronc, est fixée au bout d'une pique, et cet horrible spectacle, frappant d'épouvante les derniers défenseurs de Czarny-Ostrow, achève leur défaite.

[1] Un manuscrit bohême, trouvé à Krolodrow, renferme différents poëmes slaves, entre autres celui intitulé *Zaboï-Slavoï-Ludiek*, dans lequel le poëte raconte la victoire remportée par Zaboï, héros slave, sur Louis le Germanique.

Au combat succède le carnage. Les rameaux des vieux chênes se tordent sous le souffle ardent des cabanes incendiées ; de toutes parts on n'entend que le râle des mourants mêlé à des cris de rage et de désespoir ; le pied clapote dans le sang, heurte partout des cadavres, on ne rencontre que femmes éperdues ou disputant avec une héroïque fureur les enfants que les fils de Mahomet arrachent à leur amour. Le khan parcourt au galop ces scènes tumultueuses, ses farouches regards interrogent vainement les moindres recoins de l'île, aucun indice ne peut le mettre sur la trace d'Hedwige. Pâle de colère, il s'arrête devant le troupeau tremblant des prisonniers, sur un signe, des tenailles torturent d'humbles serviteurs ; inutile barbarie ! Aucun d'eux ne trahirait la femme de Ladislaw, un morne silence répond seul aux supplices.

Mais voici que de bruyantes clameurs retentissent sur la rive. Une barque, masquée jusqu'alors par le feuillage de saules gigantesques, vient de s'élancer au large ; à l'appel des siens, le khan est accouru, son œil de faucon reconnaît la proie qu'il convoite, il la voit prête à lui échapper.

« Des barques ! s'écrie-t-il, et mille bourses à qui ramène la fugitive... » Des barques !... mais les flammes les ont déjà dévorées, et l'esquif d'Hedwige s'éloigne de plus en plus. Un rameur silencieux manie l'aviron d'une main puissante, c'est Goluban le pêcheur, Goluban le plus brave et le plus dévoué des serviteurs de Ladislaw. A l'arrière se tient la noble dame ; d'un bras elle enlace son jeune fils Wawrzyniec (Laurent) ; de l'autre, elle aide à Goluban, en pesant sur l'aviron.

« Un arc, hurle le khan furieux, un arc!... Par Allah, morte ou vive cette femme sera à moi !!!...»

L'arc est tendu, la flèche fend les airs, et Goluban, frappé au cœur, disparaît dans l'abîme. Un cri de triomphe répond de la rive au cri d'horreur poussé par Hedwige. Mais le flanc de la biche peureuse ne t'avait pas portée, ô noble femme !... le lait sucé par ta bouche n'était pas celui d'une molle Asiatique ! Non, c'est le sein fécond d'une enfant de l'Ukraine qui humecta tes lèvres, et le sang des fiers Sarmates coule dans tes veines ! Déjà tes mains ont saisi la rame, l'onde jaillit de nouveau sous ses coups répétés, et la frêle nacelle vole vers les joncs dont l'épais rideau doit la dérober à tes persécuteurs.

Le khan blêmit de rage :

« Quoi, répète-t-il en écumant, une femme, une faible femme pourrait-elle à elle seule braver ma puissance ! Que l'on vole autour de cet étang maudit, qu'en cent endroits divers le feu dévore ces joncs abhorrés !!!... »

Il dit; et ses ordres s'accomplissent comme par enchantement. Or, c'était précisément alors le 10 août, jour où l'Église célèbre la fête de saint Laurent, ce glorieux martyr qui, couché sur un gril ardent, puisait dans sa robuste foi le courage de sourire encore

9.

à ses bourreaux. L'été avait desséché les roseaux, aussi les flammes semblaient-elles courir sur la surface des eaux.

Hedwige, ainsi cernée, redoublait d'efforts; il lui fallait maintenant regagner au plus vite le centre des eaux; mais elle luttait en vain, un courant fatal l'entraînait de plus en plus vers les joncs enflammés. Le moment vint enfin où, haletante, épuisée, la malheureuse mère abandonna les rames; on la vit s'affaisser sur elle-même, puis au moment où la barque pénétrait dans le cercle de feu, se redresser, saisir son fils, l'élever vers le ciel avec désespoir!... Un cri de malédiction vint frapper l'oreille du cruel Tartare et sembla presque ébranler cette âme de bronze. La barque avait disparu, on put saisir pendant quelques instants encore le son d'un cantique s'élevant du milieu des flammes, puis un silence lugubre succéda à cette horrible scène et une fumée pesante et noire s'étendit comme un crêpe funèbre sur toute la surface des eaux.

Au même instant, des quatre points cardinaux de l'horizon, des nuages menaçants gravitaient attirés par une puissante attraction au-dessus de Czarny-Ostrow. Le sourd grondement du tonnerre répondit au dernier chant d'Hedwige, comme si l'orage n'avait attendu que ce signal pour éclater. La foudre sillonna les nues, une grêle affreuse fouetta la terre, d'impétueux tourbillons soulevèrent les eaux du lac, les arbres arrachés par l'ouragan tombèrent avec fracas, et la terre, ébranlée par des secousses souterraines, parut vouloir s'entr'ouvrir.

Les Tartares éperdus fuient à pas précipités, poussant devant eux comme un troupeau leurs infortunés prisonniers. Ceux-ci, à la vue de ces convulsions de la nature, s'écrient dans leur foi naïve : « C'est toi, ô saint Laurent ! toi, le patron de Wawrzyniec, qui envoies ces déluges pour sauver des flammes le fils de Ladislaw !... puisse-t-il un jour nous venger des barbares !!!. ». . . . .

. . . .

Atterré à la vue des éléments en furie, le khan lui-même fuyait, emporté par son rapide coursier, loin d'un lieu qui lui semblait maudit et ramenait à l'ombre du Tchatir-Day sa horde chargée de butin.

II

Dix-huit années se sont écoulées depuis la dévas-
tation de Czarny-Ostrow, Sigismond-Auguste règne
sur la Pologne, comme nous l'avons déjà dit, et à
l'ombre de son énergique protection les villages
ravagés de la Podolie ont vu revenir peu à peu leurs
habitants dispersés. Czarny-Ostrow seul semble ne
devoir plus renaître de ses cendres. Une sorte de terreur religieuse plane sur ces lieux ; il n'est pas jusqu'au juif rapace qui n'en respecte les solitudes. Les
hardis chasseurs, entraînés par l'ardeur de la chasse
dans les forêts environnantes, craindraient de trou-
bler par des cris joyeux les échos de l'île infortunée ;
nul surtout n'oserait lancer son filet dans ces lacs
poissonneux, car chacun tient pour certain dans toute

la contrée qu'Hedwige et Wawrzyniec dorment vi-
vants au fond de ces eaux mystérieuses.

« Oui, disent les vieillards en racontant la fuite
d'Hedwige, le khan sanguinaire lança les flammes à
leur poursuite, le ciel envoya ses tempêtes pour les
éteindre, et les lacs entr'ouverts par l'ouragan, se
refermèrent sur les fugitifs. Ils reposent au fond des
ondes. Leurs âmes ainsi emprisonnées n'ont pu
s'envoler vers les régions célestes. Mais un ange
viendra ; d'un regard il entr'ouvrira ces eaux profondes, comme jadis Moïse celles de la mer Rouge.
Alors on verra reparaître les débris de l'illustre
famille, l'arbre desséché de la noble race reverdira,
et l'ange libérateur restera pour des siècles le protecteur de Czarny-Ostrow réédifié. »

Cependant, celui qui par une froide journée d'hiver
aurait jeté un regard attentif sur l'île aurait pu voir
filtrer, à travers les branches cristallisées des anti-
ques tilleuls, une légère colonne de fumée, et dans les
nuits obscures des douces saisons, il eût aperçu une
lueur brillante glisser à l'arrière d'une barque sur le
miroir des eaux.

Qui donc pouvait ainsi braver des croyances si
fortement enracinées ? Quel est ce pêcheur audacieux dont la silhouette se détache obscure sur les
bords de l'esquif, et dont la main téméraire plonge
dans le sein du lac un harpon au triple dard pour en
ramener la proie attirée par la flamme ?

C'est un jeune homme : sa taille haute et bien

prise est enveloppée de la simple peau de mouton
serrée à la ceinture par une lanière à clous d'argent.
Sa poitrine large, ses bras nerveux dénotent une
force peu commune. Des cheveux bouclés, s'échappant d'un bonnet en chevreau noir, flottent sur ses
épaules. Ses yeux d'un brun foncé lancent un regard
tantôt hardi, tantôt rêveur ; un nez légèrement
arqué, une moustache fine et soyeuse donnent à
sa physionomie un heureux mélange de douceur,
de fierté et d'audace. Les trappeurs qui hantent les
forêts assurent que personne ne manie l'épieu avec
plus de vigueur, ne décoche une flèche avec plus
d'adresse que ce jeune homme dont ils ignorent le
nom et la demeure. De loin en loin on le voit paraître
dans les foires des villages d'alentour ; il y vient
échanger les produits de ses chasses et de ses pêches
contre les objets les plus indispensables à la vie. Nul
ne sait quelle est sa famille, et pourtant sur son passage les hommes se rangent en s'inclinant, et les
jeunes filles, souriant à sa mâle beauté, dirigent vers
lui des regards curieux et complaisants. N'étaient la
grossièreté de ses vêtements et sa chevelure popu-
laire on le prendrait, à le voir traverser ainsi la
foule, pour un seigneur au milieu de ses vassaux.

L'ayant entendu s'exclamer : « Par saint Laurent,
mon patron ! » on savait que Wawrzyniec était son
nom, et de le voir toujours seul l'avait fait sur-
nommer *Sierota* (l'orphelin). Jamais l'eau-de-vie de
grain n'approchait de ses lèvres, jamais il ne se

mêlait aux jeux de son âge ; à peine ses échanges
terminés, on le voyait disparaître. Tel était le jeune
homme qui depuis des années vivait à Czarny-
Ostrow.

Une cabane à demi-consumée lors du pillage de
l'île est sa demeure. Là, dans une chambre de médio-
cre grandeur, une femme malade gît sur des peaux
de sangliers et de renards. C'est sa mère ; seule elle
pourrait dire depuis quel temps ils habitent ces lieux
dévastés. Longtemps elle pourvut par le seul travail
de ses mains à la subsistance de son fils et à la sienne.
C'est elle qui cultivait le modeste jardin, plongeait
la ligne paresseuse au fond des étangs, filait le lin,
cousait les vêtements de toile ou de peau. C'est
elle qui, non contente de pourvoir seulement aux
besoins du corps, développa l'intelligence de son fils :
lui apprenant à lire dans de vieux parchemins échap-
pés aux flammes, et surtout lui gravant dans le cœur
les préceptes sacrés de la foi chrétienne. Parmi les
engins de pêche et de chasse suspendus aux murs,
on pouvait remarquer une image de saint Laurent,
seul ornement de ce pauvre logis.

« C'est l'image de ton patron, disait-elle souvent à
son fils, si jamais tu te trouves dans la peine, recours
à lui, il ne t'abandonnera pas. »

Cependant, cette femme si pieuse et si courageuse
avait parfois des singularités étranges. Rien ne l'aurait jamais décidée à sortir de l'île. Au moindre bruit
extérieur, elle s'armait d'une hache, entraînait son

fils parmi les roseaux et restait ainsi frémissante jusqu'à ce que des heures de calme absolu eussent dissipé
sa panique. De tout temps, Wawrzyniec avait donc
été chargé des ventes et des achats. A chaque départ,
sa mère lui traçait de vive voix sa route, et terminait
invariablement ses instructions par la recommanda-
tion solennelle de ne laisser pénétrer à personne le
secret de leur retraite.

Après des années de labeur et de privations, la pauvre femme sentit ses forces l'abandonner, ses jambes
refusèrent de la soutenir, la paralysie les avait frappées. Elle retomba morne et désespérée sur son
grossier grabat. Wawrzyniec venait d'atteindre ses
quinze ans. Il regardait sa mère sans comprendre,
mais il pressentait un malheur, et dans son angoisse
ne savait que joindre les mains et s'écrier :

« O ma mère, ma mère ! Qu'avez-vous donc ?

— Enfant, répondit-elle, en levant au ciel des yeux
remplis de larmes, désormais je ne puis plus tra-
vailler pour te nourrir !... »

L'enfant, sortant de sa stupeur, s'élança vers sa
mère, l'enlaça de ses bras, la replaça doucement sur
sa couche, puis tombant à genoux, couvrant de larmes et de baisers ses mains durcies par le travail :

« C'est donc moi, mère chérie, qui pourvoirai à tes
besoins, s'écria-t-il. Tu m'as donné la vie, ta tendresse m'a disputé aux maladies, au froid, à la faim,
à mille dangers ! Ah ! si je ne te voyais pas souffrir,
je bénirais le Seigneur qui me met à même de te

10

prouver ma tendresse et ma reconnaissance! »

Dès lors Wawrzyniec ne fut plus un enfant, l'homme se révéla en lui tel que l'avaient préparé la solitude, le travail et les sains aliments fournis à son esprit par la sollicitude maternelle. Soumis et tendre, actif et patient, il ne quittait sa cabane que pour pourvoir aux besoins de chaque jour, et la nuit, enveloppé d'une épaisse fourrure, il se couchait aux pieds de sa mère, prêt à surgir au moindre appel.

Cependant la pauvre paralytique trouvait encore moyen d'être utile à son fils. Pendant les obscures journées d'hiver, pendant les douces soirées de l'été, elle lui parlait de sa nation, de son histoire, des terribles guerres qui dans le passé avaient ensanglanté le sol de la patrie. Elle lui montrait l'odieux croissant menaçant le monde, et la Pologne comme le champion du monde chrétien, ayant pour mission d'en protéger la civilisation et pour gloire de terrasser l'infidèle. Elle se plaisait à exalter dans cette âme jeune et brillante les nobles aspirations du courage, de la gloire et de la foi. Mais lui demandait-il à son tour quel était son père, son nom, elle s'arrêtait aussitôt, regardait avec anxiété autour d'elle et murmurait avec effroi :

« Tais-toi, tais-toi ; plus tard, plus tard !... »

Hélas, dans quelles erreurs nos meilleures intentions ne peuvent-elles pas nous égarer !... Ces récits, ces réticences étaient devenus à l'insu de la noble femme une source d'amers tourments pour Wawrzy-

niec. Elle n'avait pas deviné combien l'existence
obscure, monotone, telle qu'il la menait, devait paraître lourde et pesante à cette jeune nature ainsi
enflammée de l'amour des grandes choses. Un jour
cependant qu'elle venait de lui réciter des fragments
de poëme d'Igir, elle aperçut de grosses larmes perler
dans les yeux de son fils.

« Pourquoi ces larmes, ô mon enfant? demanda-
t-elle toute surprise.

—Pourquoi parler d'exploits à celui qui jamais ne
pourra en accomplir? » répondit-il en s'élançant hors
de la cabane.

C'en fut assez, Wawrzyniec comptait alors vingt
ans, elle comprit les luttes secrètes qui se livraient
dans l'âme de son enfant entre l'amour filial et les
impulsions violentes d'une nature aventureuse et
chevaleresque. Une sorte de respect se mêla à sa
tendresse pour son fils, et désormais lectures, récits,
tout fut abandonné comme d'un commun accord.

Un mois s'écoula et le soleil de mai vint verser les
flots vivifiants de sa lumière sur le sol profondément
durci par les rigueurs hivernales. De toutes parts, la
nature laissait épanouir ses trésors ; la violette em-
baumait l'herbe des forêts, le nénufar orgueilleux
entr'ouvrait son blanc calice sur l'onde des étangs, la
clématite odorante enveloppait de verts réseaux les
murs renversés ; on entendait sous le tendre feuillage
des buissons l'oiseau fredonner son gai babil, le
lièvre coquet jouait avec sa compagne sur le revers

des fossés et les troupeaux joyeux bondissaient en beuglant sur le frais gazon de la steppe.

Tout était promesse, tout était bonheur ; l'homme lui-même, promenant un regard satisfait sur les vertes moissons, sentait l'espérance s'infiltrer dans son cœur. Mais si les travaux de la terre ne réclament plus ses efforts, c'est l'époque où, libre des soucis de la famille, il entend résonner et plus haut et plus fort la voix de la patrie. Longtemps Sigismond médita de châtier jusque dans ses propres foyers l'audacieux Tartare ; d'autres soins l'en ont détourné jusqu'alors, mais l'heure est venue où l'aigle de la Pologne peut prendre librement son essor vers les régions criméennes, et voici que des bords de l'Oder aux rives du Dniester un cri de guerre a retenti. Déjà de nombreuses cohortes se dirigent de toutes parts vers Kaminiec-Podolski. Cette ville est le lieu désigné comme point de rassemblement, c'est là que Posnaniens, Lithuaniens, Polonais, Galliciens, Podoliens, courent tous à l'envi.

Wawrzyniec vit trop solitaire pour rien savoir de ce grand mouvement national. Comme au retour de chaque printemps, il sort avant l'aurore pour aller surprendre le coq des bois pendant ses matinales amours. A peine a-t-il entr'ouvert sa porte que ses yeux sont frappés de l'éclat de feux allumés sur l'éminence même où jadis le chef tartare plantait sa tente. Étonné, inquiet, il se hâte de traverser la rivière, gravit d'un pas rapide les pentes de Villa-Gora et parvient avec la prudente dextérité du chasseur jusqu'auprès d'une troupe de soldats endormis. Bientôt l'aurore entr'ouvre les cieux, le clairon jette au vent ses fanfares guerrières, les chevaux hennissent, les soldats sautent en selle et, la lance à la main, viennent se ranger autour d'un auguste vieillard revêtu de la pourpre romaine.

C'est l'archevêque de Gnesen, le primat de la Pologne, qui d'une voix sonore et grave entonne un saint cantique répété aussitôt par la masse des guerriers. A la droite du primat se tient un seigneur bardé de fer. Deux ailes de faucon ombragent son casque dont la visière relevée laisse apercevoir une barbe grisonnante encadrant les traits rudes et altiers de l'illustre Constantin, duc d'Ostrog.

Appuyée sur la hampe d'un étendard où s'écartèlent les armes de Pologne et de Lithuanie, une jeune fille, ou plutôt une céleste vision, vient se ranger à la gauche du vénérable évêque. Qui pourrait jamais trouver des paroles pour dépeindre dignement ton divin visage, ô noble Lise, ô noble fille d'Ostrowski? Par quels discours en retracer aux générations futures la douceur, l'éclat, le charme, la beauté? Tes grands yeux d'azur n'ont-ils pas les expressions les plus diverses des nobles enthousiasmes, de la piété fervente, de la malice douce et railleuse, des enivrantes langueurs? Tes joues arrondies sont plus veloutées et plus fraîches que les fruits les plus beaux, et les fossettes qui en vivifient les contours ajoutent à leurs attraits. La zibeline de l'Oural qui

10.

borde le velours cerise de ta czapka est moins soyeuse
que les nattes épaisses et blondes qui, rejetées en arrière, dépassent ta ceinture. La cravate noire à franges d'or dont ton cou est enveloppé en fait ressortir
mieux encore peut-être la grâce et la blancheur. Un
justaucorps de velours pensée emprisonne tes épaules
du modèle le plus pur, et dessine l'exquise élégance
d'une taille plus souple que le jonc balancé par les
zéphyrs. Une jupe de soie légère te drape de ses plis
gracieux et laisse voir ton pied cambré, chaussé du
brodequin rouge dont le talon bordé d'acier rend un
son argentin.

A voir ce groupe tout inondé des premiers feux du
soleil levant, on aurait dit le génie même de la Pologne dans sa glorieuse trinité, la foi, la beauté, la
vaillance, planant sur l'assemblée.

Une foule de paysans attirés par la curiosité entou-
rait les soldats. Wawrzyniec, d'abord à l'écart, s'était
avancé peu à peu au premier rang ; mille pensées
tumultueuses agitaient son âme ; un saint enthousiasme illuminait son visage, tandis que sa voix s'u-
nissait aux chants pieux de la troupe guerrière. La
prière terminée, Constantin Ostrowski s'avance et s'a-
dresse à la foule :

« S'il est ici des hommes, dit-il d'une voix forte,
qui cherchent la fortune ou la vengeance, voici des
armes, qu'ils entrent dans nos rangs !... »

Plusieurs répondent à cet appel et vont recevoir
des mains de Constantin, qui des lances, qui des

sabres. Lise à son tour élève sa voix douce et vibrante :

« S'il est ici des hommes, s'écrie-t-elle avec enthousiasme, aimant leur patrie et la gloire, voici des armes, qu'ils suivent notre bannière !... »

A ces paroles, la noble patriote promène sur la foule son regard inspiré, elle aperçoit Wawrzyniec et contemple avec surprise cette mâle et noble figure sur laquelle viennent se peindre tour à tour les plus violentes émotions. Levant les yeux, il rencontre le regard de Lise fixé sur lui, toute hésitation semble disparaître, il va comme tant d'autres voler à ses pieds ; mais l'image de sa mère couchée sur son lit de douleur traverse son esprit comme un éclair. Il s'arrête, baisse tristement la tête, et comprimant de sa main les battements de son cœur, demeure comme anéanti.

Le noble archevêque de Gnesen se fait entendre alors :

« S'il est ici des hommes, dit-il, qui veuillent racheter leurs fautes par de pieux exploits, voici des armes, qu'ils viennent à nos côtés combattre pour le Christ !!... »

Wawrzyniec voit accourir aux pieds du saint évêque une foule enthousiaste dans laquelle on remarque même des enfants et des vieillards ; seul de tous les assistants il est resté sourd à ce triple appel. Il sent les yeux de la jeune héroïne obstinément fixés sur lui, il rougit, il pâlit tour à tour et des larmes brûlantes s'échappent silencieusement de ses paupières.

Sur un mot d'Ostrowski les rangs se sont formés. Au commandement de : Marche! répond un hurra électrique, et les files serrées des guerriers viennent passer tour à tour devant Wawrzyniec. En tête de la colonne se trouvent les nouveaux enrôlés; quelques-uns le connaissent de vue.

« Eh quoi! lui crient-ils au passage, quoi donc peut te retenir, Wawrzyniec Sierota? Nous aussi, nous sommes jeunes, la vie sourit à nos désirs, et pourtant nous courons sans hésiter là où nous guide le drapeau de la Pologne!... »

Wawrzyniec, les yeux baissés, ne leur répondit pas. D'autres survinrent :

« Qu'attends-tu donc, ô jeune homme! disaient-ils, qu'attends-tu? Déjà le glaive pèse à nos bras alourdis et pourtant nous marchons joyeux et fiers contre l'ennemi de la patrie. Qu'attends-tu, toi plein de force et de jeunesse? »

Wawrzyniec sentit tout son sang refluer vers son cœur, mais ne répondit pas. Puis paraît Constantin Ostrowski dont le regard se détourne avec dédain, tandis que de ses lèvres tombent ces mots amers :

« Couardise et mépris marchent seuls dans le sentier de l'homme insensible à l'honneur!... »

Le malheureux Wawrzyniec bondit en arrière comme piqué par un serpent. Ses yeux hagards, sa tête fièrement rejetée en arrière, ses lèvres frémis-

santes, sa main crispée sur le manche de son coute-
las, témoignaient du trouble de ses esprits. D'un
bond de sa haquenée rapide Lise est à ses côtés et
d'une main touche son bras, en s'écriant : « C'est mon
père!... » A ces mots, Wawrzyniec reste stupéfait et
contemple avec une muette admiration le visage
enchanteur de cette jeune fille, qui rougit sous le feu
de ses regards en murmurant d'une voix troublée :
« Je sens que la vaillance n'est pas étrangère à ton
cœur, jeune homme; crois-moi, qui s'isole dans les
dangers de sa patrie perd tout droit à l'amour des
femmes comme à l'estime des hommes.

—L'amour!... l'estime!... hélas! répliqua Wawrzyniec, contenant avec peine ses sanglots, un devoir
plus sacré que tous les autres me retient en ces
lieux.

—Je t'entendais appeler Sierota, n'es-tu donc pas
orphelin? reprend Lise avec douceur.

—Voyez là-bas ce toit de chaume; là respire ma
mère paralysée. La pauvreté nous étreint de ses réseaux de fer, seul je soutiens son existence; dois-je
donc l'abandonner pour conserver l'estime de mes
semblables?...

—Que Dieu bénisse ta piété filiale, s'écria la noble
demoiselle; devant une mère la patrie elle-même
abdique tous ses droits. Reste donc, suis la ligne
sacrée du devoir, apaise ton cœur, et quand tu senti-
ras la main maternelle apposer sur ton front sa béné-
diction sainte, demande à ta mère de prier pour nos

armes, et aussi, ajouta-t-elle d'une voix tremblante d'émotion, et aussi pour une orpheline qui peut-être n'eût jamais vu ces lieux si le ciel ne lui eût ravi sa mère!... »

Tandis qu'elle parlait ainsi, le saint évêque suspendant sa prière les bénissait tous deux.

« Tu parles là, ma fille, dit-il avec onction, en bonne et vraie chrétienne; et toi, pauvre jeune homme, Dieu bénira tes jours!... »

Le prélat et la jeune fille repartent alors à l'amble de leurs montures, et Wawrzyniec demeure seul livré à lui-même. Immobile, il regarde la troupe qui s'éloigne à grands pas et la voit s'enfoncer dans l'ombre des forêts. Mais n'est-ce pas un rêve?... Oui, c'est Lise qui s'arrête, Lise dont la bannière lui envoie un dernier adieu!... Elle disparaît enfin et Wawrzyniec, tombant à genoux, s'écrie en laissant éclater ses sanglots :

« O ma mère!... ma bonne et sainte mère, à toi ma vie!... »

III

Des jours et des semaines se sont écoulés; le calme
règne de nouveau sur les solitudes de Czarny-Ostrow;
Wawrzyniec a repris sa vie habituelle, seulement
l'aurore le surprend chaque matin au sommet de
Lizi-Gora, nom qui devait désormais s'attacher à
l'éminence où la noble fille de Constantin Ostrowski
lui était apparue.

Morne et rêveur, Wawrzyniec laisse voler sa pensée
sur les traces de la jeune héroïne; mais, rentré sous
le toit maternel, il s'efforce d'écarter toute préoccu-
pation étrangère, et, affectant un joyeux visage, redouble de soins pour la pauvre infirme. Cependant
l'œil d'une mère sait découvrir au plus profond de
l'âme de ses enfants les plaies les mieux dissimu-
lées. Aussi, peu de jours ne s'étaient pas écoulés

qu'Hedwige avait pénétré le secret de son fils. Elle crut devoir respecter son silence, mais elle devint pourtant aussi avide de nouvelles qu'elle s'était montrée jusqu'à ce jour indifférente aux bruits du monde. Wawrzyniec allait-il aux informations, il la trouvait à son retour prête à écouter vingt fois les moindres détails. N'était-ce pas le moyen d'adoucir autant qu'il était en elle des chagrins, qui pour se refuser à toute confidence, n'en devaient être que plus amers? Cependant des bruits contradictoires circulaient sur le sort de l'expédition polonaise. Les uns prétendaient que Sigismond, vainqueur, avait déjà franchi l'isthme de Perekoff; d'autres assuraient au contraire que, surprise par les hordes tartares, une partie de l'armée avait été anéantie. Un jour, c'était le 10 août, jour anniversaire de la Saint-Laurent, Wawrzyniec partit dès la pointe du jour pour Proskuroff, dans l'espoir d'y recueillir des renseignements plus exacts que ceux racontés par les pâtres de la steppe. Le soir le ramena à Czarny-Ostrow, pâle, bouleversé, haletant.

« Mère, s'écria-t-il en entrant dans la chaumière, c'en est fait!... l'armée est détruite, le Tartare triomphe, Sigismond vaincu est rentré à Kaminiec...; mais nul ne sait rien d'Ostrowski ni de sa fille!!!... O mère, quels temps horribles!... » Et des sanglots grondaient dans sa poitrine.

« Comme tu l'aimes, pauvre enfant! murmura sa mère en l'attirant sur son cœur.

—Hélas! il est vrai!... je l'aime de toute mon âme, »

répondit le jeune homme emporté par la douleur. Et comme honteux d'un tel aveu, il se précipita au dehors.

« Seigneur ! Seigneur ! reprit la mère consternée, pourquoi ce surcroît de malheur devait-il s'appesantir sur la destinée de mon pauvre enfant !!!... » Laissant alors éclater toutes les angoisses de son cœur maternel, elle entra dans un de ces colloques mystérieux avec le Très-Haut, où l'âme s'humilie et s'élève, s'apaise et s'enflamme, se fond et se fortifie.

Pendant ce temps Wawrzyniec, la tête en feu, le cœur déchiré, parcourait l'île au hasard. Qu'était devenue cette belle et noble Lise, l'objet de ses constantes préoccupations ? Aurait-elle péri ? Était-elle sous l'égide de Sigismond, ou bien n'avait-elle pas été la proie des Tartares ? A cette pensée, mille projets audacieux surgissaient dans son esprit. Tantôt il songeait à aller seul arracher Lise à l'affreux esclavage où à venger sa mort en immolant le khan au milieu même de son armée ; tantôt il voulait courir de village en village, enflammer les esprits par ses discours, puis, à la tête de ces légions improvisées, porter le fer et le feu sur les terres criméennes jusqu'à ce que Lise eût été rendue à la liberté. Mais ensuite il se demandait ce qu'il était, quel crédit pouvaient avoir ses paroles pour entraîner ainsi des peuples sur ses pas ? D'ailleurs, était-il donc le maître de disposer de sa propre personne ? A qui donc, pauvre et sans amis, confierait-il sa mère infirme ? Qui donc accepterait la tâche, sacrée pour lui, de la nourrir, de la soigner et, plus que tout, de l'aimer !...

A cette réflexion Wawrzyniec s'arrêta irrésolu ; il se trouvait alors sur une sorte de plate-forme située à l'extrémité nord de l'île, et d'où l'œil embrassait dans toute son étendue la magnifique nappe d'eau qui de ce côté contourne Czarny-Ostrow. Là même s'é-levait, dix-huit ans auparavant, l'église paroissiale, et à peu de pas, sur la droite, la modeste cabane que nous connaissons ; la porte était restée ouverte, une torche de sapin en éclairait l'intérieur et permit au jeune homme de contempler sa mère dans toute la majesté de la douleur et de la prière.

« Oh non ! se dit-il, non, jamais je ne t'abandon-nerai, ma mère chérie ! que mon cœur se brise s'il le faut, mais jamais je ne manquerai à ce qui t'est dû, ma sainte et bonne mère !!!... » Et sentant plus que jamais le besoin de recourir à Dieu, prosterné à terre, toute son âme se fondit dans la prière, cette sublime émanation du cœur de l'homme, plus puis-sante dans ses élans que les gaz les plus subtils, plus rafraîchissante pour les cœurs que les ondes les plus pures!!...

Tandis qu'il demandait ainsi à l'Éternel force, courage, protection, un calme bienfaisant s'infiltrait dans son être, son front devenait de moins en moins brûlant et les battements de son cœur rasséréné s'apaisaient de plus en plus. Enfin, vaincu par la fatigue et les émotions, ce fut les yeux fixés sur le firmament qu'il s'abandonna à la vague rêverie qui s'emparait de ses esprits. Un silence absolu régnait autour de lui. La nuit était sombre, mais des myriades d'étoiles brillaient au ciel. Wawrzyniec ébloui laissait errer de constellation en constellation ses regards fascinés par le scintillement de ces corps lumineux, dont les rayons semblaient transmettre à la terre de mystérieuses révélations. Peu à peu, il lui parut que chacun de ces globes de lumière se transformait en une tête séraphique soutenue dans les airs par des ailes diaphanes. Leurs yeux dardaient sur lui des regards étincelants et leurs bouches souriantes paraissaient participer à de célestes concerts. Bientôt les sons devinrent sensibles, puis les paroles elles-mêmes, portées sur les flots d'harmonie lancés dans les espaces par des milliers de harpes invisibles, parvinrent distinctes à ses oreilles. Il put alors reconnaître ces strophes du Roi-Prophète, que des millions de chœurs angéliques répétaient dans toute l'immensité des cieux :

Je le délivrerai, dit le Seigneur,
Parce qu'il a mis en moi sa confiance ;
Je le protégerai, parce qu'il a connu mon nom.
. . . .
. . . .

Il tire le faible de la poussière ;
Il élève le pauvre du sein de l'abjection...
Pour le placer avec les princes,
Avec les princes de son peuple...
. . . .
. . . .

Serviteurs de Dieu,
Louez le Seigneur
Et célébrez son nom !....
. . . .
. . . .

Sous' l'influence de ces chants sacrés, l'âme de Wawrzyniec se dilatant y puisait un nouveau courage. Au dernier verset, la foule céleste lui parut tourner ses regards vers l'orient. Entraîné par l'exemple, il incline la tête du même côté et voit apparaître le plus étrange des spectacles. C'est un gril ardent enveloppé de flammes, qui s'avance dans les nues, porté par des groupes d'anges luttant à l'envi à qui le soutiendra dans les airs ; sur ce gril est couché un homme revêtu des blancs habits de lin des lévites sacrés. Il tient à la main la palme des martyrs et l'auréole des élus plane au-dessus de sa tête. Wawrzyniec reconnaît en lui son patron, saint Laurent, tel que le représente la petite image suspendue aux parois de sa demeure. Plein de confiance à cet aspect, il tend vers la vision ses mains suppliantes, mais, ô terreur !... un fluide enflammé remplit tout à coup les yeux du saint martyr, ses paupières se gonflent, un météore de feu filtre comme une larme sur ses longs cils, s'en échappe et va rouler au milieu des espaces, laissant derrière lui dans sa course désordonnée une longue traînée d'étincelles. Plus la vision se rapproche, plus cet effroyable phénomène se renouvelle. Wawrzyniec épouvanté veut fuir ! une puissance surhumaine le retient immobile et semble le fixer au sol; une sueur glacée inonde ses membres; il voudrait du moins détourner ses regards, fermer les yeux, mais une attraction irrésistible le fascine et le force à fixer la terrible apparition. La voici qui gravite à son zénith... les chants cessent, saint Laurent suspend sa marche, abaisse vers Wawrzyniec un regard plein de mansuétude, et ses lèvres laissent échapper ces paroles de miséricorde :

Que le nom du Seigneur soit à jamais béni !
Que toute la terre soit remplie de sa gloire !
. . . .
Mon fils, fidèle au Seigneur, résistant aux suggestions les plus puissantes du cœur et de l'esprit, tu as suivi en fils pieux la ligne du devoir. Dieu, pour te récompenser, ouvre désormais devant toi un avenir de gloire et de prospérité. Puisse ton cœur ne point s'égarer dans cette nouvelle destinée ! Souviens-toi que difficilement la route des grandeurs et de la fortune suit la même direction que le sentier du salut !. . . . .

Il dit. Une lave brûlante s'amasse de nouveau sous sa paupière, en jaillit et, fendant les nues, plus rapide que la foudre, vient, avec un bruit formidable, s'abattre sur la terre à quelques pas de Wawrzyniec évanoui [1]. . . . .

. . . .

[1] Le 10 août, jour anniversaire de la fête de saint Laurent, la terre pénètre dans une région du ciel semée d'aérolithes. Sa pression, au dire des astronomes, en arrache un grand nombre à leur marche régulière, détermine par là leur

Quelques heures plus tard, le jeune homme rouvrait les yeux. Les étoiles blanchissantes s'effaçaient peu à peu de la voûte céleste, l'aube perlait à l'orient, une douce fraîcheur surgissait de terre, tout annonçait un jour pur et radieux.

« Quel rêve, se dit Wawrzyniec en se soulevant!... » et son regard cherchait sa demeure, mais en vain... Un bloc jaunâtre lui masquait sa cabane. Stupéfait, il s'approche à pas comptés de cette masse inconnue, la considère avec une terreur involontaire... veut la toucher, mais son contact le brûle!...

« Eh quoi! s'écrie-t-il avec stupeur, je n'ai donc point rêvé!... C'est donc bien saint Laurent lui-même qui m'est apparu!..... » Et son regard interrogeait les cieux.

Un écho lointain des célestes et nocturnes concerts sembla lui répondre, ces mots mille fois répétés arrivèrent à son oreille :

Alleluia! Alleluia!...
Heureux ceux qui craignent le Seigneur...
Alleluia!...
Et qui marchent dans ses voies............
Alleluia! Alleluia!...
....

apparition sous la forme de globes enflammés, parfois leur explosion et leur chute sur notre planète. Ce phénomène est généralement désigné sous le nom d'étoiles filantes; dans quelques parties de l'Allemagne, les paysans les appellent *mouchures d'étoiles*; dans presque tous les pays chrétiens on les a poétiquement surnommées : *Larmes de saint Laurent*, dénomination qui sans doute aura servi de base à la présente légende.

Alleluia! répète à son tour Wawrzyniec, après quelques instants de muette et profonde méditation; puis, s'armant d'un maillet de fer, il frappe la pierre mystérieuse; elle se brise en éclats, il se baisse, en ramasse un fragment, le regarde... O ciel! c'est de l'or!... c'est de l'or le plus pur! . . . .

I V

Du Dniester à la mer Noire l'herbe des steppes a déjà été arrosée maintes fois du sang des braves, depuis que Sigismond est entré en campagne. A ses intrépides escadrons, les Tartares ont opposé d'innombrables hordes accourues de tous les points de l'Asie. Le roi, loin de les surprendre, s'est vu surpris et contraint à une défensive désavantageuse. Fatigués d'une campagne qui trompait leur attente, plusieurs chefs de renom s'étaient successivement retirés. Ostrowski avait l'âme trop haute pour abandonner ainsi son prince ; mais dans sa sollicitude pour sa fille, il l'avait envoyée à Kaminiec-Podolski, où elle demeurait confiée aux soins du vénérable primat.

Plus les forces polonaises diminuaient, plus s'augmentait l'audace des Tartares. Familier d'ancienne date avec les pays où il guerroyait, leur khan, sans jamais prêter le flanc à un engagement sérieux, harcelait incessamment l'armée de Sigismond. Les convois n'osant plus se hasarder hors de Kaminiec, force avait été pour le roi de se rapprocher de cette ville ; mais, par une manœuvre habile, le khan le prévint, se posta devant le pont jeté sur le Smotrycz, et lui interdit ainsi toute retraite de ce côté. Il ne restait d'autre ressource au roi que de s'ouvrir un passage les armes à la main. Bien instruit du découragement qui règne dans l'armée chrétienne, le khan, loin de refuser la bataille, concentre rapidement ses forces et se porte à sa rencontre.

Du haut des maisons de Kaminiec on peut voir les deux armées s'entre-choquer. Les cloches de la ville sonnent le glas funèbre des grands périls nationaux, et de longues files de prêtres parcourent, en implorant le Dieu des combats, les rues de la ville consternée. Au delà du Smotrycz, des femmes et des enfants travaillent à préparer les ouvrages qui défendent les approches du pont. Lise est là qui les encourage du geste et de la voix. Elle suit d'un œil avide les péripéties de la lutte, et malgré sa force d'âme, ne peut contempler sans frémir l'énorme supériorité de l'armée ennemie. A l'avantage du nombre se joint encore l'appui d'une artillerie puissante dont les boulets ravagent à distance les rangs serrés des enfants de la Pologne.

La lutte dure depuis des heures et, aux oscillations des lignes de bataille, Sigismond peut comprendre que ses soldats perdent de plus en plus confiance. En vain se multiplie-t-il, en vain Ostrowski pénètre-t-il comme un coin de fer au centre des Tartares, de nouvelles masses remplacent les troupes disloquées et ramènent la victoire du côté des barbares. Tout à coup des tourbillons de poussière s'élèvent dans le lointain, ils grossissent, se rapprochent et laissent deviner l'arrivée d'un corps nombreux de cavalerie. Est-ce un surcroît d'ennemis?..... Est-ce un secours inattendu?..... Nul ne saurait le dire du côté des chrétiens; mais voici que les Tartares se troublent et hésitent.

« Ce sont des frères!..... » s'écrie Ostrowski, et de nouveau il bondit comme un lion au milieu du combat. Le khan s'est porté à sa rencontre, et d'un coup de sa masse d'armes, le renverse à terre.

« Allah!... Allah!... » hurlent les Tartares, se ruant comme une meute féroce sur le héros terrassé.

Mais un cri de guerre traverse les airs et vient les

glacer d'effroi. Deux mille cavaliers attaquent à revers les infidèles. Ils accourent plus impétueux que le vent des steppes et, aux cris mille fois répétés de : « Dieu et Pologne ! » balayent devant eux tout ce qui s'oppose à leur passage. A leur tête se signale un jeune guerrier au regard d'aigle, aux armes étincelantes. En un instant sa hache sanglante a pourfendu ceux qui s'acharnaient contre Ostrowski, qu'alors des soldats se hâtent de transporter loin du champ de bataille.

« Gloire à Wawrzyniec Sierota ! » s'écrient tout d'une voix les chrétiens, en voyant le hardi jeune homme s'élancer, le défi à la bouche, contre le chef tartare. Celui-ci avec le sang-froid d'un vieux jouteur, épie d'un œil fauve et cruel la juvénile impétuosité de ce nouvel adversaire. Au moment où d'un bond de son coursier l'impétueux jeune homme croit le joindre, le khan fait exécuter à son destrier une volte habile, évite le choc et levant sa masse d'armes en assène un coup terrible sur la tête de Wawrzyniec. Le jeune héros a pu retenir à temps sa monture, il écarte brusquement la tête, et l'arme vient broyer sur son épaule les mailles de fer de sa cotte d'armes. Au terrible coup il demeure un instant affaissé sur sa selle ; mais se redressant et voltant à son tour, il lance d'un bras d'hercule sa hache contre le Tartare, l'atteint en pleine poitrine et le voit rouler sanglant sur l'arène.

Un long cri de triomphe répond à cet exploit ; les

Tartares terrifiés fuient en tous sens.. Sigismond a tout vu, il accourt et presse dans ses bras celui qu'il salue du nom de sauveur de l'armée, de sauveur de la Pologne.

« Mais, dis-moi, ajoute-t-il en contemplant le visage inconnu du jeune guerrier, dis-moi donc quel est ton nom, ta famille, ton pays?.....

—Je suis Podolien, on m'appelle Wawrzyniec Sierota ; mon père Boleslaw, seigneur de Czarny-Ostrow, perdit jadis la vie dans un combat contre ce même Tartare que ma main vient d'immoler.

—Mais on prétendait que le fils de Boleslaw avait péri avec sa mère dans les eaux des lacs?..... reprit le roi étonné.

—Saint Laurent nous sauva des ondes comme des flammes. Mais voyez, Sire, l'ennemi cherche à se rallier, ne lui laissons pas cette chance de salut.

—Par Notre-Dame de Czenstochowa, tu parles d'or, mon fils! s'écria Sigismond. A plus tard donc ton histoire et la récompense qui t'est due... » Et, rendant la main à leurs chevaux impatients, tous deux s'élancèrent à la poursuite de l'ennemi. Cependant, Ostrowski a été transporté dans une des salles du palais épiscopal de Kaminiec ; ses blessures n'offrent aucun danger et un cordial salutaire l'a bientôt plongé dans un sommeil réparateur. Lise n'en reste pas moins assise à son chevet, et n'ayant plus à lui prodiguer ses soins intelligents et tendres, elle ne tarde pas à s'absorber dans une profonde rêverie.

12

Pourquoi donc, ô jeune fille! ton regard se tourne-t-il avec cette anxieuse ardeur vers cette fenêtre par où t'arrivent les sons affaiblis de la bataille? Pourquoi cette pâleur? Pourquoi cette larme brûlante qui s'échappe de ta paupière? Pourquoi ces tressaillements à chaque détonation lointaine?..... Ton père n'est-il pas à tes côtés? Ne sais-tu pas que la victoire s'est enfin déclarée pour ta patrie?..... Ah! c'est qu'il en est du cœur de Lise comme des terres généreuses de la Podolie. La graine échappée au bec de l'oiseau demeure quelquefois cachée et inerte dans un des légers plis du sol, mais vienne un rayon de soleil qui la frappe et l'échauffe, et voici qu'aussitôt mille sucs précieux émanés de la terre transforment la graine inaperçue en une plante splendide, pleine de séve et de vigueur.

Le rayon de soleil, c'est ici un rayon de gloire. C'est qu'en effet, le nom de Wawrzyniec Sierota proclamé comme celui du sauveur d'Ostrowski, du vainqueur du Tartare, était venu surexciter dans le cœur de Lise un souvenir précieusement recueilli. Elle se demande avec un trouble involontaire, si ce ne serait pas là ce même jeune homme qu'un jour radieux lui fit voir plein de beauté et de jeunesse sur les hauteurs de Czarny-Ostrow? Elle aime à se rappeler ses traits mâles et fiers, et se dit qu'un tel front est fait pour des lauriers; il lui semble sentir encore le feu de ses grands yeux fixés sur elle avec admiration, et à ce souvenir le sang se précipite plus rapide dans ses veines.

« Oui, ce doit être lui, se dit-elle à voix basse, son âme noble et grande se reflétait dans son regard hardi et enthousiaste..... C'est lui, j'en suis certaine !..... Mais alors, sa mère..... aurait donc succombé? Pauvre jeune homme, combien n'aura-t-il pas souffert !..... Mais où mon imagination va-t-elle s'égarer !..... comment, inconnu, sans fortune, sans naissance, aurait-il pu rallier cette masse de partisans? Oh ! je m'abuse, hélas ! chassons, chassons de tels rêves. Et pourtant, ce surnom de Sierota.... singulière coïncidence !..... S'il n'avait pu comprimer sa bouillante ardeur, s'il avait tout quitté pour combattre, pour me revoir peut-être.... si c'était lui enfin ! Ah ! quelle joie ineffable alors, quel bonheur !.... Hélas ! m'aime-t-il? Tu dis oui, ô mon cœur ! mais ne t'abuses-tu pas? D'ailleurs, pourrions-nous être jamais l'un à l'autre ! Moi, fille d'Ostrowski !... lui, qui sait, est-il seulement homme libre ?... et, que m'importe, si je l'aime, si mon cœur me crie : « Il est digne de « toi !... » Sauver mon père ne vaut-il pas un siècle de noblesse !... Sauver sa patrie, n'est-ce pas graver son nom sur le livre d'or des héros !... Oh ! reviens, reviens triomphant, noble et courageux jeune homme, reviens ! mon cœur se brise dans l'attente..... Grand Dieu ! encore le canon ! et je ne puis courir à tes côtés..... Ah ! qui me dira du moins que tu es vivant, qui m'apprendra la fin de cet horrible combat !!....

« Oiseaux, légers oiseaux qui planez dans les espaces, continua-t-elle en ouvrant impétueusement les vantaux de la fenêtre, ayez pitié de mes angoisses, dites..... dites, que voyez-vous dans cette plaine? Wawrzyniec vit-il encore? Wawrzyniec est-il vainqueur?... »

Comme elle finissait ces mots, un corbeau au noir plumage s'abattait sur la pointe d'un sapin centenaire, et lançait dans les airs ce funèbre et sinistre appel:

« Arrivez, arrivez, ô mes noirs compagnons, arrivez! D'ici je vois un vaste champ de carnage.... Les cadavres amoncelés jonchent la plaine.... le sang des hommes mêlé au sang des chevaux, fait monter jusqu'à moi d'enivrantes vapeurs.... Arrivez!...

« Je vois un guerrier intrépide.... il est jeune, et sa main redoutable apprête notre pâture.... Il s'acharne contre les Tartares.... Toujours, toujours plus avant, son sabre trace le sillon de la mort.... Arrivez!...

« Mais les fils de Mahomet s'arrêtent.... Ils l'enveloppent, ils le pressent.... Mille cimeterres menacent sa tête.... La chair des héros sera notre festin!...

« Arrivez, arrivez, ô mes noirs compagnons, arrivez!... »

Et reprenant son vol, l'oiseau lugubre s'élance vers l'horizon, guidant le noir cortége de ses pareils.

A ce néfaste présage, Lise, frappée au cœur, reste muette, tremblante, anéantie; ses mains se dressent suppliantes vers le ciel, deux ruisseaux de larmes sillonnent ses joues décolorées et la prière vient expirer sur ses lèvres blêmissantes. Abîmée dans sa douleur, elle n'avait pas vu d'abord se poser sur le faîte de la croix du palais épiscopal une colombe aussi blanche que la neige. Tout à coup, une voix douce et mélodieuse frappe son oreille, elle redresse la tête et recueille avec ravissement ces mots que l'oiseau consolateur lui jette en battant des ailes :

« Allégresse ! Allégresse ! J'ai vu le champion de la Pologne, seul, enveloppé d'ennemis.... Ils s'acharnaient à sa perte comme les flots en courroux contre la nef audacieuse battue par la tempête.... Mais comme le navire se joue des vagues écumantes et fend les eaux en poursuivant sa route, de même Wawrzyniec, dominant la tempête humaine, s'ouvre, le fer à la main, une trouée sanglante à travers les Tartares désormais vaincus.... Allégresse ! Allégresse !... »

La colombe radieuse parlait encore, que cent cloches d'airain remplissent l'air de carillons joyeux. Le cœur dilaté par l'espérance, Lise voit le peuple accourir vers les parvis sacrés, et Sigismond rentrant dans la ville au milieu d'une poignée de braves, marche droit à l'antique basilique pour y rendre gloire au Dieu des armées. Elle-même s'agenouille alors, et mêle aux douces larmes de la reconnaissance les plus ferventes actions de grâces.

Depuis longtemps déjà Ostrowski réveillé observe en silence les émotions de sa fille bien-aimée, s'en étonne, s'en inquiète, mais il n'osait l'interroger.

12.

Enfin, au bruit de pas nombreux franchissant les degrés, il appelle Lise auprès de lui, et déjà il tenait dans ses mains celles de son enfant, lorsqu'il vit entrer Sigismond.

Sur un signe du roi un seul chevalier ose pénétrer à sa suite. A peine Lise l'a-t-elle entrevu, qu'elle a reconnu en lui ce Wawrzyniec dont son cœur est rempli. A son aspect elle tressaille de tous ses membres. Le tremblement de sa main, faisant lever les yeux à Ostrowski, lui montre sa fille enveloppée de l'aimable et pudique rougeur de l'innocence émue par l'amour.

« Noble ami, dit alors Sigismond, voici l'homme qui t'a sauvé la vie, l'homme à qui la Pologne doit son salut en ce jour. Il est en ton pouvoir d'acquitter à la fois ta dette et celle de la patrie. Mets dans la main de ce valeureux jeune homme la main charmante que tu retiens dans la tienne. Telle est la seule récompense à laquelle il aspire, la seule qu'il veuille accepter.

—Si ma mémoire est fidèle, Sire, répond Ostrowski, j'ai déjà rencontré ce jeune brave dans d'autres temps et dans une autre condition. Je reconnais volontiers que je lui dois récompense et réparation. Réparation pour les dures paroles que je lui adressai, récompense pour ses services en ce jour. Je rends donc justice à ta vaillance, jeune compagnon ! de bon cœur je te donne tout mon or, mais pour prétendre à ma fille, qui donc es-tu ?

—Il est vrai, seigneur, dit Wawrzyniec en s'inclinant, vous m'avez vu pauvre et enchaîné par un devoir sacré auprès de ma mère infirme. Un prodige m'a rendu possible de revendiquer le rang auquel j'ai droit par ma naissance. Wawrzyniec est mon nom, je suis fils de Boleslaw, dernier seigneur de Czarny-Ostrow.

—Mais qui prouvera la véracité d'une telle assertion? où sont tes preuves de noblesse?

—Ma main, en vous sauvant, certifiait mes aïeux! reprit le fier jeune homme en relevant la tête.

—Bien, mon fils, s'écria Sigismond à cette vaillante réponse ; j'aime ta fierté virile; si souvent elle est le fruit de la noblesse, souvent aussi elle est la source d'où la noblesse jaillit. Du reste, rassure-toi, noble Ostrowski, j'ai pris mes informations et je me porte garant de sa véracité. Je le proclame seigneur de Czarny-Ostrow, et maintenant lui refuseras-tu ta fille ?

—Ma fille, grand roi, reprit Ostrowski en tendant la main à Wawrzyniec, c'est à Lise désormais qu'il appartient seule de prononcer. . . . . »

Tandis que dans les rues l'eau-de-vie de grain coule à flots et que peuple et soldats se livrent aux danses joyeuses en répétant des chants nationaux, mille bougies inondent de lumière une salle immense. Les tissus les plus riches de l'Orient en décorent le pourtour; les chiffres de Wawrzyniec et de Lise se détachent de toutes parts. Des arcades de verdure, donnant passage de la salle de bal dans celle du festin, laissent arriver le bruit des hourras frénétiques qui, à la fin du repas des épousailles des deux nobles mariés, saluent les toasts inspirés à la ronde par le roztruchan.

Après de nombreuses libations, Sigismond se lève enfin et va s'asseoir sur un trône de velours surmonté d'un dais où s'écartèlent, glorieux et resplendissants, l'aigle de Pologne avec le cheval de Lithuanie.

Là, tout ce que l'armée a de grand et d'illustre, tout ce que la contrée a de beautés célèbres, étale qui sa richesse, qui sa beauté, qui sa gloire..... Poëtes, divins poëtes, à vous seuls devrait appartenir de dépeindre les charmes de ces beautés rivales, au milieu desquelles tu brilles, ô incomparable Lise ! comme la fleur-reine brille au milieu des parterres les plus éclatants !.....

Voici d'abord tes deux sœurs : cette Laure Fwieykwoska qui joint à la beauté l'esprit et les talents, cette jeune Constance à la magique chevelure, dont le regard profond révèle l'esprit poétique. A ses côtés se tient Wandu Rosticzewska, dont le sourire rendrait jalouse Vénus elle-même ; près d'elle, Marie Potocka, fille des Jungusko, se fait remarquer par ses traits fins et aristocratiques. Là, Nathalie Kinnir, suave comme un rêve ; plus loin, Wenceslas Zuriewiez, dont les royales pierreries ne sauraient éclipser les attraits ; Hermine Bilinska, plus belle que la Madone d'Holbein ; Clémentine Orlowska, dont les yeux d'ébène semblent défier le pinceau d'un Murillo, puis encore tant d'autres beautés dont l'Amour seul devait garder et le nom et l'image!....

Autour de ces astres féminins voltigent une foule de citoyens jeunes, riches et vaillants. C'est un Krasicki, ancêtre de l'illustre évêque de Warmin ; un Chotkiewiez, un Potocki, dont les origines se perdent dans la nuit des temps ; des Radziwill, des Czartoriski, des Jungusko, descendants des Jagellons ; un Zamoïski, race féconde en hommes d'État ; un Przezdziecki, curieux des sciences et de la liberté ; puis Titzkiewiez, Moszinski, Brawicki, Isembeck et Poniatowski, dont le nom devait un jour acquérir plus de lustre par le bâton de maréchal que par le diadème!... Dziarlinski, Raczinski, puissants Posnaniens, enfin Krasinski, Sirokimbre, Zulewski, Myskiewitz, noms devenus chers aux Muses et que le souffle d'Apollon devait porter au sommet du Pinde, à côté de ceux des Homère, des Tibulle et des Virgile!...

Au signal donné par Sigismond, l'orchestre attaque avec un entrain électrique une mazurka éclose le matin même du génie de Zawadski. Chacun choisit sa dame et cent couples rivalisant de beauté, d'ardeur et d'élégance, ébranlent le parquet des coups répétés de leurs talons provocateurs. A les voir s'élancer à travers la salle immense, on dirait une troupe de chevaux de l'Ukraine bondissant dans la steppe et prêts à franchir tous les obstacles. Les hommes courent par bonds rapides et hardis, leurs compagnes, le regard velouté, le corps flexible, la bouche souriante, semblent glisser plutôt que courir à leurs côtés ; tout à coup, enlacées par un bras nerveux, elles cèdent à son étreinte et, pleines d'abandon, de grâce et de langueur, elles tournent, légèrement appuyées sur leurs fougueux cavaliers.

Longtemps la danse se prolonge, aux mazurka, ont succédé les koukiviennes et les szumka. L'aube va bientôt paraître, mais déjà Lise et son époux ont quitté la fête ; tous deux se préparent au départ, et leurs haquenées hennissent au bas des degrés. Wawrzyniec est impatient de revoir la noble Hedwige sa mère. D'ailleurs, les êtres vraiment épris ont soif d'isolement ; au contact du monde, le cœur s'effiloque comme la vie ; dans la retraite au contraire, l'affection vraie exerce et étend son empire sans laisser aux sentiments parasites le temps d'usurper sa place.

Ils partent donc dès l'aurore, et, faisant diligence, ils atteignent le soir du troisième jour les hauteurs de Lizi-Gora.

« Arrêtons-nous un instant dans ces lieux, ô ma bien-aimée, s'écrie alors Wawrzyniec attirant Lise sur son cœur ; ici tu m'apparus pour la première fois, ici ton angélique regard accomplissait le prodige prédit par la légende qui enveloppait d'un voile mystérieux notre salut inespéré, lors du sac de Czarny-Ostrow. Oui, tu es l'ange annoncé et promis ! prends donc possession de ton empire. Deviens l'idole de mes vassaux, la providence des pauvres, la consolation de ma mère, la joie de ton époux !!!... »

Quelques instants plus tard, la noble Hedwige pressait sur son cœur le couple chéri.

Par l'ordre de Wawrzyniec, une église ne tarda pas à s'élever là où était tombée la larme de saint Laurent ; respectant la pauvre cabane des mauvais jours, il la transformait en presbytère, et jetait à quelques pas de là les fondations de sa nouvelle demeure seigneuriale . . . .

. . . .

. . . .

Trois siècles se sont écoulés depuis lors ; le paysage aussi bien que la ville a subi de profondes modifications ; mais du moins, église, presbytère, château, réédifiés depuis, occupent toujours les mêmes emplacements.

Les possesseurs se sont succédé, le souvenir de Wawrzyniec Sierota a presque disparu ; mais arrêtez-vous quelques instants dans les murs de Czarny-Ostrow, et vous reconnaîtrez aussitôt que, selon la prédiction de la légende, l'ange protecteur veille toujours sur ces lieux. Si vous tenez à savoir quel nom cet ange porte de nos jours, interrogez au hasard, citoyens, pauvres, enfants, tous vous répondront à l'envi :

« C'est Lise qu'il se nomme, c'est Lise que l'on chérit. »

FIN

www.ingramcontent.com/pod-product-compliance
Lightning Source LLC
Chambersburg PA
CBHW051143260626
47170CB00005B/1940